A ILHA DO TESOURO

Tradução e adaptação
WALCYR CARRASCO

A ILHA DO TESOURO

ROBERT LOUIS STEVENSON

1ª edição
São Paulo

Ilustrações
WEBERSON SANTIAGO

MODERNA

© WALCYR CARRASCO, 2020

DIREÇÃO EDITORIAL	Maristela Petrili de Almeida Leite
COORDENAÇÃO DE EDIÇÃO DE TEXTO	Marília Mendes
EDIÇÃO DE TEXTO	Ana Caroline Éden, Thiago Teixeira Lopes, Patrícia Capano Sanchez
COORDENAÇÃO DE EDIÇÃO DE ARTE	Camila Fiorenza
DIAGRAMAÇÃO	Cristina Uetake, Michele Figueredo
ILUSTRAÇÕES DE CAPA E MIOLO	Weberson Santiago
COORDENAÇÃO DE PESQUISA ICONOGRÁFICA	Luciano Baneza
PESQUISA ICONOGRÁFICA	Cristina Mota
COORDENAÇÃO DE REVISÃO	Elaine Cristina del Nero
REVISÃO	Palavra Certa
COORDENAÇÃO DE *BUREAU*	Rubens M. Rodrigues
PRÉ-IMPRESSÃO	Everton L. de Oliveira, Vitória Sousa
COORDENAÇÃO DE PRODUÇÃO INDUSTRIAL	Wendell Jim C. Monteiro
IMPRESSÃO E ACABAMENTO	A.S. Pereira Gráfica e Editora EIRELI
LOTE	795294
COD	120001400

TRADUZIDO DO TEXTO ORIGINAL: *TREASURE ISLAND*.
POR STEVENSON, ROBERT LOUIS
ASC – YORK UNIVERSITY LIBRARIES; YORK UNIVERSITY,
1889. NEW YORK: MCLOUGHLIN BROS. COLLECTION;
YORK UNIVERSITY; TORONTO

Dados Internacionais de Catalogação na Publicação (CIP)
(Câmara Brasileira do Livro, SP, Brasil)

Carrasco, Walcyr
    A ilha do tesouro / Robert Louis Stevenson ; tradução e
adaptação Walcyr Carrasco ; ilustrações Weberson Santiago.
— 1. ed. — São Paulo : Moderna, 2020. -- (Clássicos universais)

    Título original: *Treasure island*.

    ISBN 978-65-5779-500-2

    1. Literatura infantojuvenil I. Stevenson, Robert Louis,
1850-1894. II. Santiago, Weberson. III. Título. IV. Série.

20-41779   CDD-028.5

Índices para catálogo sistemático:
1. Literatura infantojuvenil 028.5
2. Literatura juvenil 028.5

Cibele Maria Dias - Bibliotecária - CRB-8/9427

EDITORA MODERNA LTDA.
Rua Padre Adelino, 758 - Quarta Parada
São Paulo - SP - Brasil - CEP 03303-904
Vendas e atendimento: Tel. (11) 2790-1300
www.moderna.com.br
2024
Impresso no Brasil

Sumário

A ILHA DO TESOURO

Marisa Lajolo

Ilhas, tesouros e histórias

Você está pronto para — daqui a algumas páginas — ler uma história ótima que há mais de um século vem encantando gerações em todos os lugares do mundo. A história é tão boa que já migrou para o teatro, o cinema, a televisão, o mundo dos *games*.

Mas vamos voltar ao livro.

Bons livros não apenas contam histórias, mas também *têm* histórias: a história deles, de como surgiram na cabeça do autor, de como foram escritos, de como foram publicados.

> *Eu, como leitora, gosto de saber as histórias dos livros de que gosto.*

A história deste — "A Ilha do Tesouro" — é incrível!

É incrível, a começar pela biografia do autor, Robert Lewis Stevenson (que depois ele mudou o *Lewis* para *Louis*), um escocês nascido em 1850, tempo em que a Escócia era uma colônia inglesa e fazia parte do British Empire. Com frequência, Stevenson viajava para a Inglaterra, onde participava do mundo literário, entrando em contato com outros escritores. Ele gostava mesmo de viajar: viajou muito, e não apenas para a Inglaterra. Percorreu lugares que ao tempo de sua vida eram considerados exóticos e acabou fixando residência em Samoa, ilha do Pacífico Sul. Morreu lá (em 1894), onde — seguindo seu desejo — foi enterrado no alto de uma montanha — o Mount Vaea — perto do mar.

Hoje, sobre seu túmulo, a seu pedido, está gravado um poema que ele escreveu, como que antecipando o momento da morte. O poema se chama **Requiem**:

Under the wide and starry sky,	Debaixo de um céu tão imenso e estrelado
Dig the grave and let me lie.	É aqui que eu desejo ser enterrado
Glad did I live and gladly die,	Fui feliz em vida, e morro sossegado.
And I laid me down with a will.	E na hora final, vos faço um pedido
This be the verse you grave for me:	Me enterrem e gravem um verso assim:
Here he lies where he longed to be;	Aqui ele jaz , dormindo em paz sem fim
Home is the sailor, home from sea,	Como do mar quando chega o nauta enfim
And the hunter home from the hill.	Como do mato quando chega o caçador perdido.
	(Tradução livre)

Ou seja: parece que ilhas sempre fizeram parte da vida de Stevenson, antes e depois de ele escrever e publicar este livro que tem a palavra "ilha" no título.

* * *

O cenário da história de "A Ilha do Tesouro" e algumas de suas personagens, segundo o próprio autor, nasceram inspiradas em situações vividas por ele. Ele conta, por exemplo, que, junto com seu filho adotivo — o futuro escritor norte-americano Samuel Lloyd Osbourne —, uma tarefa da brincadeira era desenhar uma ilha. Ele e o enteado a desenharam e coloriram, e ele achou que era uma boa "inspiração" para uma história.

> *... será que podemos sempre confiar no que nos dizem os autores sobre seus livros ? Será que foi assim, mesmo, que nasceu o livro que agora está em suas mãos, tão carinhosamente reescrito pelo Walcyr?*

Stevenson também relaciona outro elemento da história com fatos de sua vida. Ele tinha um grande amigo que precisou amputar a parte inferior de uma perna, e isso — sempre segundo o próprio Stevenson — inspirou a figura de um dos piratas da história, o Long John Silver.

Eu não sabia disso quando li o romance. Mas, quando fiquei sabendo, me lembrei de várias passagens da história nas quais o pirata da perna de pau desempenha papéis muito importantes....

Stevenson diz ainda que, enquanto escrevia a história da busca do tesouro, contava e lia pedaços dela para amigos e familiares, pedindo opiniões, e que levava muito a sério as opiniões e sugestões que recebia, reescrevendo pedaços inteiros. Sobretudo sua esposa, Fanny Osbourne, foi grande parceira dele. Quando a história ficou pronta, publicou-a, primeiro, em capítulos, numa revista inglesa, chamada *Young Folks Magazine* (em português Revista da Gente Jovem/Revista dos Jovens). Originalmente, Stevenson pensou em dar à história o título "The sea cook, or the Mutiny of the Hispaniola" ("*O cozinheiro de bordo* ou *O motim do Hispaniola*").

Eu não sabia disso quando li o livro. Se soubesse, talvez tivesse curtido mais algumas passagens. Por isso conto para vocês!

Nesta primeira publicação na revista, Stevenson usou um pseudônimo: *Captain George North*, nome que — sem dúvida — dava grande credibilidade à história, já que a apresentava como sendo contada por um capitão de navio. Depois, reviu mais uma vez a história, mexeu em algumas passagens e ela virou um livro, publicado em 1883/84, então assinado com seu próprio nome.

É interessante observar uma coincidência: a primeira circulação de *A Ilha do Tesouro* no Brasil ocorreu entre 1906 e 1907, como um dos *Romances do Tico Tico*. O *Tico Tico*, por sua vez, era — como a *Young Folks Magazine* da Inglaterra — justamente uma revista voltada para o público jovem. Depois — entre 1929 e 1930 —, de novo em capítulos, foi publicada por outra revista, *Eu Sei Tudo*, com o título *Jim, o pirata amador*.

A partir daí, multiplicaram-se — e continuam se multiplicando até hoje — suas edições em livro. Ou seja, *A Ilha do tesouro*, em inglês, nasceu numa revista e depois migrou para livro, e cumpriu percurso idêntico aqui no Brasil. Assim, este volume que você tem em mãos é um lindo e legítimo descendente daquele livro que Stevenson escreveu na frígida Escócia do século XIX...

* * *

Esta é a história do livro que, na bela tradução que Walcyr Carrasco adapta, está em suas mãos.

> *É claro que a partir do título de um livro a gente vai criando expectativas sobre o que esperar dele, não é mesmo?*

E o título *A Ilha do Tesouro* é muito sugestivo. Anuncia e promete uma história emocionante, com personagens que vivem uma grande aventura, correndo perigo, em busca de uma ilha na qual acreditam que os espera um tesouro.

Talvez não sejam apenas as personagens que esperam um tesouro: os leitores também esperam! E, na pena, tanto de Stevenson quanto de Walcyr, a história cumpre a promessa.

Stevenson e Walcyr *escrevem* a história. Mas quem a *conta* aos leitores é um moço mais ou menos da sua idade. E a linguagem que Walcyr — acompanhando a linguagem do original inglês — põe na boca e na pena deste narrador faz os leitores se sentirem como se estivessem ouvindo alguém contar a história. Este simpático narrador é muito moderno. Parece até contemporâneo nosso, apesar de ter vivido — como nos conta a história — na Inglaterra do século XVIII.

14

Elementos desta contemporaneidade do *modo* de narrar traduzem-se, por exemplo, nas inúmeras vezes em que este narrador

> *— o nome dele é Jim Hawkins, acho que eu ainda não tinha dito —*

se apresenta como *participante* da história que conta. Ele começa o livro já informando que o que vamos ler foi algo que ele viveu, que está presente na memória dele, e que merece ser divulgado.

Razões de sobra para os leitores se animarem!

E a animação cresce, quando ele menciona uma ilha chamada *Ilha do Esqueleto*, que o leitor já imagina ser a Ilha do Tesouro anunciada no título.

> *Será que o leitor acerta? Só lendo para saber! Eu fiquei supercuriosa, já nestas primeiras linhas, mas — calma! — não vou dar* spoiler *aqui...*

Na viagem de busca ao tesouro participam outras personagens: muitos piratas, um capitão de navio, um médico (o doutor Livesey) e um homem rico, o Squire Tralawney, que é quem paga a conta. Tem até um papagaio muito divertido, que participa da aventura.

Como estas personagens entram na história, a gente fica sabendo quando vai lendo o livro. Que, como disse o Walcyr na apresentação de sua experiência como leitor de Stevenson, vai nos apaixonando página a página e não nos deixa interromper a leitura.

Então, vamos lá... vire a página e comece a apaixonar-se!

Linha do tempo
A Ilha do Tesouro, de Robert Louis Stevenson

Marisa Lajolo
Luciana Ribeiro

1850	Nasce, em Edimburgo, Escócia, Robert Lewis Balfour Stevenson.
1871 / 1872	Escreve para o jornal universitário *Edinburgh University Magazine*.
1878	Escreve *Uma Viagem pelo interior*.
1879	Escreve *Viagens com um burro nas Cervennes*.
1880	Casa-se com Fanny Osbourne.
1882 / 1883	Escreve *A Ilha do Tesouro*, trama lançada primeiro na revista *Young Folks* e, posteriormente, em livro.
1883	Primeira versão encadernada de *A Ilha do Tesouro*, pela *Cassell and Company*.
1884 / 1887	Escreve *Raptado*.
1885	Escreve *O Jardim Poético da Infância*.
1885	O artista americano John Singer Sargent retrata Robert Louis Stevenson.
1886	Escreve *The Strange case of Dr. Jekyll and Mr. Hyde — O médico e o monstro*.
1887	Escreve *The Merry Men and Other Tales and Fables*.
1894	Escreve *No vazio da onda: Trio e Quarteto*.
1894	Morre, em Samoa, Pacífico Sul, Robert Louis Stevenson, enquanto escrevia *Weir of Hermiston*.
1901	A obra *A Ilha do Tesouro* é citada na página 3 do jornal *Gazeta de Notícias* (na seção Publicações Recebidas), de 30 de junho.

1905-1906	A coleção romances do *Almanaque Tico-Tico* (origem no jornal francês *Le Petit Journal Illustré de la Jeunesse*) serializa *A Ilha do Tesouro*.
1911	Long John Silver é citado por James Matthew Barrie em sua obra *Peter Pan*. Isso ocorre quando o narrador diz que o Capitão Gancho, personagem da trama de Barrie, era o único homem que colocava medo em Silver.
1914	De acordo com Andrew Gulli, editor da revista *The Strand*, possivelmente neste ano teria sido leiloada parte de um ensaio inédito escrito por Stevenson. A segunda parte desse ensaio (encontrada na Biblioteca da Universidade de Siracusa) foi publicada por essa revista em 2013, com o título *Books and Reading. Nº 2. How books have to be written*.
1915	A companhia inglesa *Punch and Judy Theatre* apresenta a primeira adaptação para o teatro da obra *A Ilha do Tesouro*.
1918/1920	Adaptação de *A Ilha do Tesouro* para o cinema mudo (ou silencioso), com direção do cineasta Maurice Tourneur.
1929	A Revista *Eu Sei Tudo* publicou uma serialização, com o título *Jim, o pirata amador*, em seus números 146 a 156 (entre julho de 1929 e maio de 1930).
1933	A *Companhia Editora Nacional* lança uma das primeiras traduções de *A Ilha do Tesouro* no Brasil, realizada por Álvaro Eston. (parte integrante da Collecção Terramarear).
1934	Produzida a primeira versão para o cinema falado, estrelada por Jackie Cooper e Wallace Beery.
	A Livraria *Globo* lança *A Ilha do Tesouro*, com tradução de Pepita de Leão.
1938	A *Columbia Pictures* distribui o seriado estadunidense *The Secret of Treasure Island*. A série, dirigida por Elmer Clifton, foi dividida em quinze capítulos.

1942	Publicação de *Cinco em uma ilha do tesouro*, primeiro livro da série *Os cinco famosos – série nova* (The Famous Five – novel series), do autor inglês Enid Blyton.
1947	Osamu Tezuka, mestre do mangá, produziu um trabalho inovador inspirado no clássico escrito por Stevenson. Os originais desse trabalho, que se tornou referência na categoria, foram perdidos, mas, em 1984, Tezuka reescreveu e redesenhou *A Nova Ilha do Tesouro* para a editora *Kodansha* (no Brasil, a distribuição ficou por conta da *NewPop Editora*).
1950	*Walt Disney Productions* lança *Treasure Island*, primeira versão cinematográfica em cor de *A Ilha do Tesouro*, dirigida por Byron Haskin e estrelada por Bobby Driscoll e Robert Newton.
1954	Estreia do filme *O Pirata de Porto Belo*, uma adaptação de *A Ilha do Tesouro*, com Robert Newton no papel do pirata Long John Silver.
1955	Estreia uma das primeiras produções de que se tem notícia na TV, a série australiana *The Adventures of Long John Silver*, com um total de vinte e seis episódios, estrelada por Robert Newton.
1958	A Editora *Ebal* lança o gibi *A Ilha do Tesouro* / Edição Clássicos Ilustrados, nº 169 – 48 páginas.
1960	Jorge Luis Borges cita Robert Stevenson no conto "Borges e Eu", parte integrante do livro *O Fazedor*.
1963	A TV *Excelsior* exibe a telenovela *A Ilha do Tesouro*. Destinada ao público infantil, a trama foi dirigida por Fábio Sabag.
1964	A Editora *Itatiaia* publica A Ilha do Tesouro, com tradução de Maria Tostes Régis — (Coleção Clássicos da Juventude).
	A Editora *Melhoramentos* publica A Ilha do Tesouro, com tradução de Maria Thereza Giacomo.

1966	Publicação de *A Ilha do Tesouro*, com tradução de Nair Lacerda, pela *Saraiva*.
1968	A rede *BBC* produz a minissérie *Treasure Island*, com um total de nove episódios.
1970	Publicação de *A Ilha do Tesouro*, com tradução de Alsácia Fontes Machado, pelo *Círculo de Leitores* (Lisboa). Essa tradução foi publicada no Brasil, em 1973, pelo *Círculo do Livro*.
1972	Estreia uma versão anglo-franco-espanhola de *A Ilha do Tesouro*, intitulada *Piratas da Ilha do tesouro*, na qual o pirata foi interpretado por Orson Welles.
	Publicação de *A Ilha do Tesouro*, com tradução de Ecy de Aguiar Macedo, pela *Abril Cultural* — (Clássicos da Literatura Juvenil).
1973	Estreia do filme *As aventuras de um velhaco*, uma adaptação de *A Ilha do Tesouro* para o faroeste, com Kirk Douglas no papel de Long John Silver.
1974	A *Embrafilme* lança o filme *O trapalhão na Ilha do Tesouro*, estrelado pelos trapalhões Renato Aragão e Dedé Santana, com direção de J. B. Tanko.
1978	O estúdio *Tokyo Movie Shinsha* cria a série *A Ilha do Tesouro* (Takarajima), que estreou no Japão pelo canal *Nippon TV*. A mesma série estreou em Portugal, em 1994.
1984	Eliseu Rigonatti cita *A Ilha do Tesouro* em seu livro *O evangelho da meninada: uma história de Jesus*, lançado pela Editora *Pensamento*.
1985	A *Warner Bros Pictures* lança o filme *The Goonies*, com direção de Richard Donner, uma produção que traz muitos elementos relacionados à obra *A Ilha do Tesouro*.
1986	Publicação de *A Ilha do Tesouro*, com tradução de Marco Guimarães e Sonia Verderese, pela Editora *Hemus*.

1988	Estreia do desenho animado soviético *Ostrov sokrovishch*. Baseado na obra de Stevenson, o desenho era composto por duas partes: "O mapa do capitão Flint" (produzida em 1986) e "Os tesouros do capitão Flint" (produzida em 1988).
1990	Ana Maria Machado lança, pela Editora *Global*, uma versão criativa de *A Ilha do Tesouro*.
1996	O ator Tim Curry contracenou com o elenco dos *Muppets*, no filme *Os Muppets na Ilha do Tesouro*.
1998	O autor português Álvaro Magalhães cita *A Ilha do Tesouro* e o autor Stevenson em seu livro *A Ilha do Chifre de Ouro*, publicado pela Editora *D. Quixote*, em Lisboa.
2000	O jornal *O Estado de S. Paulo* publica, em 11 de novembro, matéria sobre uma revisão crítica que Stevenson iria ganhar em seu aniversário de 150 anos.
2002	*Walt Disney Pictures* lança *O Planeta do Tesouro*, primeiro filme de animação lançado simultaneamente nos cinemas regulares e em IMAX (Imagem Maximum).
2003	Produzido por *Walt Disney Pictures* e *Jerry Bruckheimer Films*, estreia o primeiro filme da série *Os Piratas do Caribe*, fortemente influenciado pelos elementos de composição da obra *A Ilha do Tesouro*.
2005	A *Kompanhia Centro da Terra* apresenta o espetáculo *A ilha do tesouro*, com direção de Ricardo Karman. Esse espetáculo recebeu os seguintes prêmios: • Melhor direção de Teatro Infantil – APCA 2005 (Associação Paulista dos Críticos de Arte) • Melhor Produção – Coca-Cola Femsa 2005 • Um dos três melhores espetáculos infantis de 2005 – Guia da Folha

2005	Os autores Álvaro Cardoso Gomes e Milton M. Azevedo, em entrevista ao *Quinteto*, revelam que a inspiração para escrever o livro *A colina sagrada*, lançado em 2005, pela *FTD*, surgiu das leituras essenciais que eles fizeram na infância e que os marcaram para sempre, entre elas, *A Ilha do Tesouro*.
	O autor Amós Oz cita *A Ilha do Tesouro* em seu livro *De amor e Trevas*, publicado pela *Companhia das Letras*. Esse livro foi vencedor do prêmio France Culture Étranger 2004.
2008	A *Companhia Editora Nacional* lança uma versão em quadrinhos de *A Ilha do Tesouro*, com tradução de Ana Paula Corradini e ilustrações de Penko Gelev.
2010	A *Editora Abril* lança o segundo volume da *Coleção Disney Clássicos da Literatura*. Essa edição é composta por três paródias: *A ilha do tesouro*, com roteiro de Carlo Chendi e desenhos de Luciano Bottaro; *Marujos intrépidos*; *O fantasma de Canterville*.
2011	Ao falar sobre *A Ilha do Tesouro*, em *O clube do suicídio* (Cosac Naify, 2011), Henry James afirmou que o que torna Robert Louis Stevenson uma raridade "é a maturidade singular da expressão que ele deu a sentimentos juvenis: ele os julga, os mede, os vê de fora, assim como os entretém. Ele descreve a credulidade com todos os recursos da experiência".
	Em 25 de dezembro, o canal inglês *Sky1* estreia a minissérie *A Ilha do Tesouro*, com adaptação de Stewart Harcourt e direção de Steve Barron.
	A *L&PM Editores* lança, com o apoio da *Unesco*, *A Ilha do Tesouro*, um dos livros da Coleção Clássicos da Literatura em quadrinhos.
	A Editora *FTD Educação* lança o livro *Jim e a Ilha do Tesouro*, com adaptação de Joana Mantovani Garbelotto.

2013	A Editora *Nemo* lança uma versão em quadrinhos de *A Ilha do Tesouro*, com roteiro de Manuel Pace, desenhos (em preto e branco) de Carlo Rispoli, e tradução de Diego Cervelin e Fernando Scheibe.
	O poeta e biógrafo inglês Andrew Motion lança, pela editora *Vintage Books* (em Londres), *Silver: Return to Treasure Island*. Em entrevista ao jornal *The Guardian*, o autor revelou que criou coragem para escrever a continuação da obra por achar que Stevenson "deixou todas as possibilidades abertas para que alguém escrevesse o que ele estava escrevendo".
	O jornal *O Globo* publica, em 14 de março, a matéria "Robert Louis Stevenson critica literatura da sua época em ensaio perdido". Nesse mesmo ensaio, o autor de *Dr. Jekyll e Mr. Hyde* e *A ilha do tesouro* elogia Shakespeare.
	A revista americana *The Strand Magazine* publica parte de um ensaio inédito de Stevenson (no qual o autor critica literatura da sua época), intitulado *Books and Reading. No 2. How books have to be written*.
2014	Estreia, no canal norte-americano *Starz*, a série *Black Sails*, baseada no romance *A Ilha do Tesouro*. Dirigida por Jon Steinberg e Robert Levine, a série apresentou quatro temporadas.
	O jornal *The Guardian* publica, em 29 de novembro, uma matéria (intitulada "Treasure Island: Long John Silver is a secret father figure") referente ao espetáculo *Treasure Island*, em cartaz no *National Theatre* de Londres.
	Estreia, no *National Theatre*, em Londres, uma adaptação de *Treasure Island* (realizada por Andrew Motion).
2014	A atriz inglesa Patsy Ferran interpreta o personagem Jim, no espetáculo *Treasure Island*, em cartaz no *National Theatre* de Londres.

2014	O grupo *Tribo de Jah* lança a música *A Ilha do Tesouro*, uma das faixas do álbum *Pedra de salão*.
2015	Andrew Motion fala sobre o trabalho de Robert Louis Stevenson, cujo romance *A Ilha do Tesouro* inspirou seus próprios livros, *Silver* e *The New World*. Esse evento foi realizado em 23 de janeiro, no teatro *Olivier*, em Londres.
	Maurício de Sousa lança, com tradução de Fernando Nunes, *Turma da Mônica Jovem – A Ilha do Tesouro*, pela *Girassol*.
2016	José Leon Machado cita *A Ilha do Tesouro* em seu romance *Heróis do capim*, publicado por Edições *Vercial*.
	Stephen King cita *A Ilha do Tesouro* em seu livro *Achados e Perdidos*, Livro II da trilogia *Bill Hodges*, Lançado pela *Suma*.
2017	A Editora *Rocco* lança *A aventura do estilo*, com tradução de Marina Bedran, um livro que reúne correspondências trocadas por Henry James e Robert Louis Stevenson.
	Alexandre Eulalio cita *A Ilha do Tesouro* em seu livro *Os brilhos de todos: ensaio, crônica, crítica, poesia etc.*, lançado pela Editora *Companhia das Letras*.
2019	A *Antofágica* lança uma edição especial de *A Ilha do Tesouro*, com tradução de Samir Machado de Machado, ilustrações de Paula Puiupo, apresentação de Jim Anotsu e texto de Marina Bedran, especialista na obra de Stevenson, e projeto gráfico de Giovanna Cianelli.
2020	Liberada versão *on-line* de *Treasure Island*, espetáculo que esteve em cartaz no *National Theatre* de Londres, em 2014.
	A *Record TV* pretende lançar, no segundo semestre deste ano, *A Ilha do Tesouro*, um novo *reality show* que será exibido na emissora. A ideia do programa é confinar os participantes em uma ilha e premiar o vencedor com um tesouro.

	Uma constatação: A obra *A Ilha do Tesouro* não só apresentou pela primeira vez um mapa do tesouro, com uma arca cheia de ouro marcada com um grande X, como também determinou o estereótipo do pirata (com perna de pau e um papagaio no ombro). Posteriormente, esses fatores apareceram (e continuam aparecendo) em diferentes segmentos da cultura mundial.

Referências:

Disponível em: <http://mod.lk/ilha-1> Acesso em 11 ago. 2020.

Disponível em: <http://mod.lk/ilha-2> Acesso em 11 ago. 2020.

Disponível em: <http://mod.lk/ilha-3> Acesso em 11 ago. 2020.

Disponível em: <http://mod.lk/ilha-4> Acesso em 11 ago. 2020.

Disponível em: <http://mod.lk/ilha-5> Acesso em 11 ago. 2020.

Disponível em: <http://mod.lk/ilha-6> Acesso em 11 ago. 2020.

Disponível em: <http://mod.lk/ilha-7> Acesso em 11 ago. 2020.

Disponível em: <http://mod.lk/ilha-8> Acesso em 11 ago. 2020.

Disponível em: <http://mod.lk/ilha-9> Acesso em 11 ago. 2020.

Disponível em: <http://mod.lk/ilha-10> Acesso em 11 ago. 2020.

Disponível em: <http://mod.lk/ilha-11> Acesso em 11 ago. 2020.

Disponível em: <http://mod.lk/ilha-12> Acesso em 11 ago. 2020.

Disponível em: <http://mod.lk/ilha-13> Acesso em 11 ago. 2020.

Disponível em: <http://mod.lk/ilha-14> Acesso em 11 ago. 2020.

Disponível em: <http://mod.lk/ilha-15> Acesso em 11 ago. 2020.

Disponível em: <http://mod.lk/ilha-16> Acesso em 11 ago. 2020.

Disponível em: <http://mod.lk/ilha-17> Acesso em 11 ago. 2020.

Disponível em: <http://mod.lk/ilha-18> Acesso em 11 ago. 2020.

PAINEL DE IMAGENS

Retrato de Robert Louis Stevenson, c. 1894.

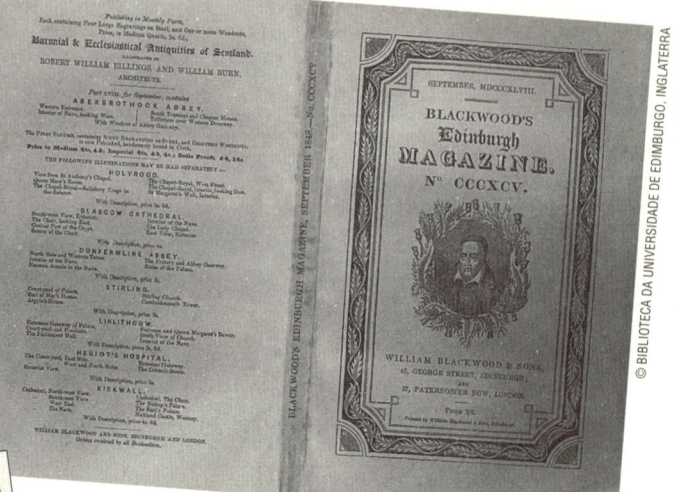

Capa e contracapa do jornal universitário *Edinburgh University Magazine*, 1848, onde Stevenson começa a escrever em 1871/1872.

Frontispício da primeira edição de *Uma viagem pelo interior*, de Robert Louis Stevenson, 1878.

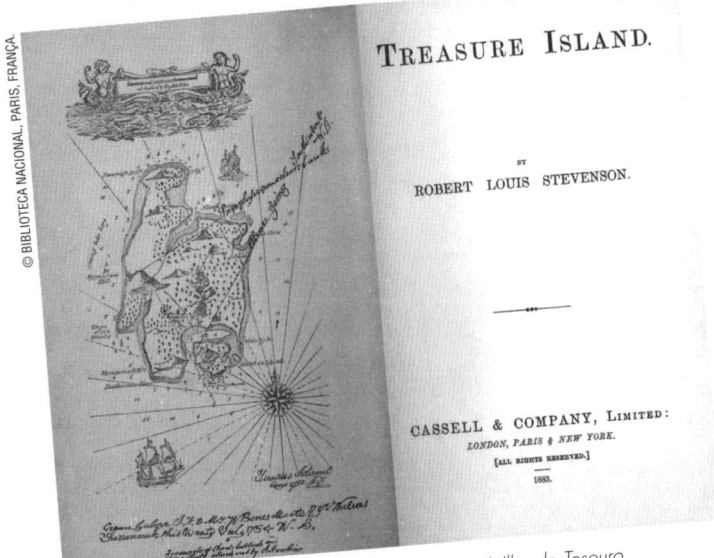

Capa do livro *Raptado*, lançado originalmente em 1884/1887. Editora Nacional, 2006.

Frontispício e mapa da edição de 1883 do livro A *Ilha do Tesouro.*

Capa do livro *O Jardim Poético da Infância,* publicado em 1885.

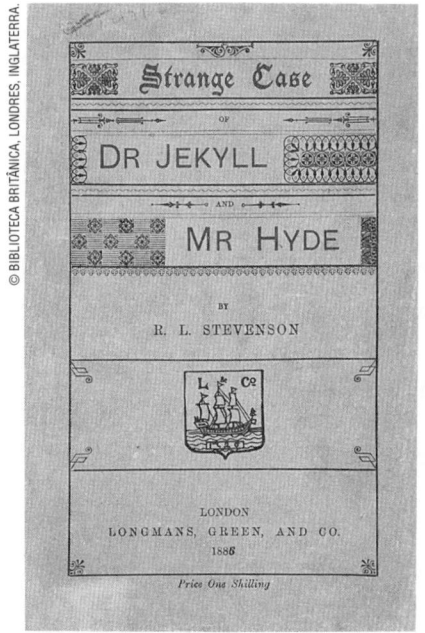

Capa da primeira edição do livro *O médico e o monstro,* de Robert Louis Stevenson, Editora Longmans, Green and Co. 1886.

27

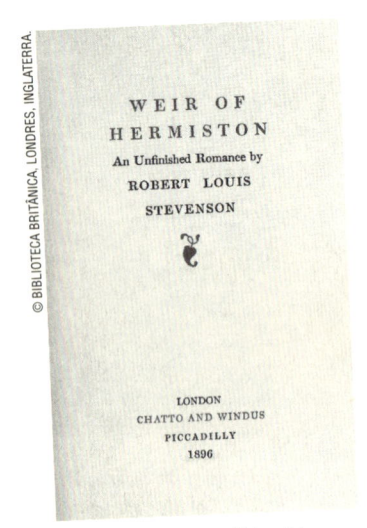

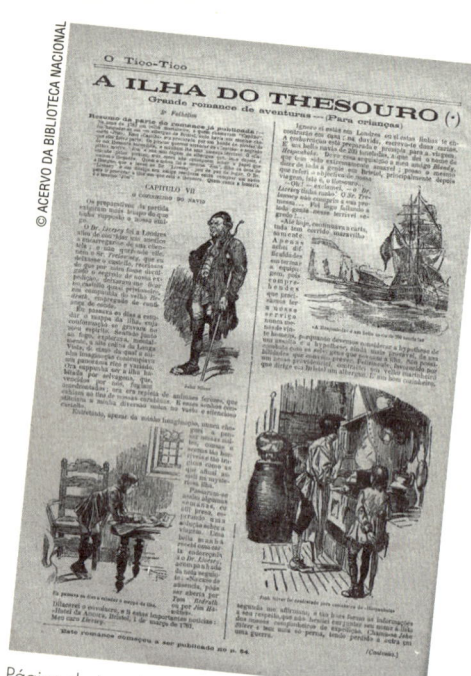

Capa do livro *Weir of Hermiston*, de Robert Louis Stevenson, 1896. O autor faleceu em 1894, enquanto escrevia a obra.

Página do Jornal das Crianças *O Tico-Tico*, de 05 de dezembro de 1906, número 61, com publicação da série *A Ilha do Tesouro*.

Cartaz da primeira adapação para o teatro da obra *A Ilha do Tesouro*, pela companhia inglesa *Punch and Judy Theatre*.

Cartaz da primeira adaptação para o cinema mudo de *A ilha do Tesouro*, com direção do cineasta Maurice Tourneur.

Cartaz da primeira adaptação para o cinema falado de *A ilha do Tesouro*, estrelada por Jackie Cooper e Wallace Beery em 1934.

Capa de *A ilha do Tesouro* com tradução de Pepita de Leão, publicada pela Livraria Globo em 1934.

Cartaz de propaganda do seriado estadunidense *The Secret of Treasure Island*, de 1938, distribuído pela Columbia Pictures. A série, dirigida por Elmer Clifton, foi dividida em quinze capítulos.

Capa do livro de Osamu Tezuka, mestre do mangá, *A Nova Ilha do Tesouro* (1984).

Primeira versão cinematográfica em cor de *A Ilha do Tesouro*, dirigida por Byron Haskin e estrelada por Bobby Driscoll e Robert Newton, de *Walt Disney Productions*.

Capa de *A ilha do tesouro*, com tradução de Maria Tostes Regis e publicado pela editora Itatiaia em 1964.

Peter Vaughan e Michael Newport na minissérie *Treasure Island* da rede *BBC*, de Londres.

Orson Welles no filme *Piratas da Ilha do tesouro*, 1972.

Capa de *A ilha do tesouro*, com tradução de Ecy de Aguiar Macedo, publicado pela Abril Cultural em 1970.

Cartaz do filme *As aventuras de um velhaco*, uma adaptação de *A Ilha do Tesouro* para o faroeste, com Kirk Douglas no papel de Long John (1973).

Cena do filme *Os Goonies*, com direção de Richard Donner, uma produção que traz muitos elementos relacionados à obra *A Ilha do Tesouro*.

Cena do filme *Os Muppets na Ilha do Tesouro*, em que Tim Curry contracenou com o elenco dos *Muppets*.

Cartaz do filme *O trapalhão na Ilha do Tesouro*, estrelado pelos trapalhões Renato Aragão e Dedé Santana, 1974.

Johnny Depp e Orlando Bloom em cena do primeiro filme *Piratas do Caribe* (2003), filme fortemente influenciado pelos elementos de composição da obra *A Ilha do Tesouro*.

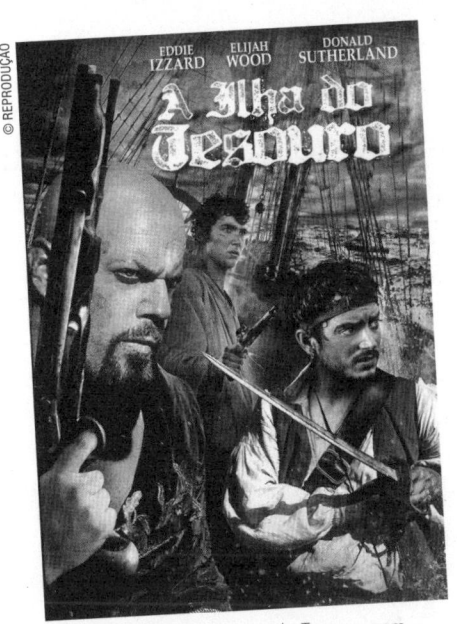

Cartaz da minissérie *A Ilha do Tesouro*, com adaptação de Stewart Harcourt e direção de Steve Barron, lançada pelo canal inglês Sky1, 2011.

A atriz inglesa Patsy Ferran interpreta o personagem Jim, no espetáculo *Treasure Island*, em cartaz no *National Theatre* de Londres, 2015.

UMA HISTÓRIA QUE NUNCA ESQUECI

Walcyr Carrasco

Li *A Ilha do Tesouro* pela primeira vez quando tinha 12 anos. Nunca esqueci as aventuras de Jim Hawkins, o narrador. Desde a primeira página, fui envolvido pela viagem de navio, pela luta contra os piratas e pela busca do tesouro. É o tipo de livro que não dá para parar de ler! Devorei as páginas! Agora, nesta nova jornada, foi fascinante traduzir e adaptar esse livro incrível. Fiquei tão envolvido, como na primeira vez que o li.

Em todos os capítulos há uma virada, uma mudança na história. O autor surpreende criando "ganchos", que me levavam à próxima página, e à próxima, e à próxima. Robert Louis Stevenson foi capaz de ser moderno. A técnica do "gancho", que cria suspense e reviravoltas no decorrer do livro é muito usada hoje em dia. Tanto em livros quanto em roteiros de televisão. Quem assiste a uma boa telenovela percebe que, ao final de um episódio, há sempre um acontecimento que nos prende e remete ao capítulo do dia seguinte. Da mesma maneira, as séries de televisão esbanjam ganchos. As cenas finais abrem novas possibilidades, a serem exploradas nos próximos episódios. A *Ilha do Tesouro* tem uma estrutura exatamente assim. Final, só mesmo no último capítulo. Sempre há um novo lance, com uma surpresa!

A Ilha do Tesouro é um dos clássicos que me acompanharam ao longo da vida. Agora, compartilho meu prazer nessa leitura com uma nova geração de leitores: a sua! Eu me dediquei muito a esse trabalho, espero que goste tanto quanto eu e encontre seu tesouro. Ahn? Como assim? Tesouro? Quem não gostaria de encontrar um? Pois bem. Aproveite! Este romance é em si mesmo um tesouro, que você vai descobrir página por página.

OS PIRATAS

Aventuras no mar e tesouros enterrados. É o que vem na cabeça quando a gente pensa em piratas. Realidade e ficção se mesclam muitas vezes, quando se fala no assunto. Os piratas eram pessoas reais, que atemorizavam os mares. Atemorizavam? Por que usei o verbo no passado? Piratas existem até hoje!

A *Era de Ouro* da pirataria aconteceu entre 1660 e 1730, incentivada pelo transporte de riquezas das colônias sul-americanas, incluindo o Brasil, à Europa. O principal meio de transporte de mercadorias era o marítimo. Os mares viviam povoados de embarcações, com cargas preciosas, que se tornavam alvo de ataques. Usando navios pequenos e velozes, os piratas abordavam embarcações muito maiores e bem armadas, com tripulações bem maiores, comparativamente. A imagem que se tem hoje do pirata é bastante romantizada. De fato, eram bandidos do mar, como, aliás, *A Ilha do Tesouro* retrata muito bem. Ágeis, brutos, violentos, os piratas não recuavam diante de qualquer violência. Não se contentavam em roubar a carga: queriam a própria embarcação, que depois era vendida ou transformada em novo navio pirata. Muitas vezes os passageiros e a tripulação também eram sequestrados e só ganhavam a liberdade após o pagamento de um resgate. Uma vez piratas, sempre piratas. Se capturados, podiam ser condenados à forca. Tornar-se pirata era um caminho sem volta.

O primeiro registro de pirataria é do início do século VII a.C., no mar Egeu. Há registros de que nessa ocasião o rei assírio Senaqueribe tentou expulsar piratas da foz do Golfo Pérsico. Mas eles continuaram a povoar os mares. No século I d.C, o imperador romano Trajano ainda sonhava em se livrar deles — mil navios piratas destruíram, na época, uma de suas frotas. Há mil anos, os guerreiros *vikings* também pirateavam. À medida que a economia europeia se desenvolveu, o número de piratas cresceu muito. Também sua audácia.

Embora a Época de Ouro da pirataria tenha terminado, ela não está extinta. Existem piratas modernos, em vários lugares do planeta. Já houve ataques na Somália, no Mar Vermelho, nas Ilhas Seychelles, no Golfo da Guiné, entre outros.

Piratas foram tema de livros e também de filmes, como *A Ilha das Gargantas Cortadas* (Cutthroat Island) e, de maior sucesso na atualidade, a série cinematográfica *Piratas do Caribe* (Pirates of the Caribbean). *A Ilha do Tesouro* já teve mais de cinquenta adaptações para o cinema e a televisão.

Muitos destinos, muitas vidas. Ao escrever *A Ilha do Tesouro*, Robert Louis Stevenson inspirou-se em piratas verdadeiros, como os que descrevi, e em muitos outros que aterrorizaram os mares. O livro fez um enorme sucesso desde que foi editado, em 1882. É um clássico de aventuras, um retrato da pirataria. E até hoje continua incendiando imaginações.

A vida de muitos piratas tornou-se lendária. Os mais conhecidos viveram entre o final do século XV e o início do século XVIII. Costumavam ser identificados por uma bandeira chamada Jolly Roger, negra, com o desenho de uma caveira e dois ossos cruzados. Fiz uma pesquisa na internet para identificar os mais famosos piratas de todos os tempos. Entre eles, duas mulheres tiveram grande destaque na pirataria: Chiang Shi e Anne Bonny. Todos de quem falo agora realmente existiram. Através de suas vidas, você poderá ter uma boa ideia de como era, realmente, ser um pirata.

BARBA-NEGRA — Seu nome real era Edward Teach, de nacionalidade inglesa. A figura do pirata de longa barba escura parece inventada, mas é inspirada no próprio Barba Negra. Usava uma barba comprida, espessa, com tranças. Vestia-se com os trajes dos aristocratas que capturava. Ficou famoso por sua aparência e por seu estilo de luta. Usava uma espada em cada mão, esgrimindo com as duas ao mesmo tempo. Tinha várias pistolas e facas presas no colete. Fez horrores no mar do Caribe. Era implacável. Mas não invencível: morreu em combate.

CHIANG SHIH — Não se admitiam mulheres nos navios piratas, com raras exceções. Apesar disso, existiram, sim, mulheres piratas, tão corajosas quanto os homens. Entre todas, a mais bem-sucedida é a chinesa Chiang Shih. Quando seu marido, que comandava os navios, morreu, a tripulação tentou se amotinar, para escolher um novo capitão. Chiang enfrentou os marujos e se tornou capitã. Foi o terror dos mares da China. Chegou a possuir uma frota de 1500 navios, com mais de 80 mil homens. O governo chinês tentou derrotá-la muitas vezes, mas ela sempre vencia. Finalmente, o próprio governo lhe ofereceu um tratado de paz, com o perdão por seus crimes. Chiang Shih aceitou. Voltou para terra firme e passou o resto da vida cuidando de um cassino.

BARBAROSSA — também conhecido, em português, como Barba Roxa ou Barba Ruiva. Nasceu na Ilha de Lesbos, na Grécia, em 1470, e mais tarde ganhou o título honorário de Khair ed-Din Paxá, conferido pelo sultão otomano Suleiman, o Magnífico. Era o pirata mais temido do Mediterrâneo. Mas uniu-se aos turcos, que lhe deram o governo da Argélia e, mais tarde, o comando da armada otomana. Derrotou a Sacra Liga, criada pelo imperador Carlos V, que pretendia vencer os árabes. Graças a Barbarossa, a hegemonia otomana sobre o Mediterrâneo durou 33 anos. Morreu em 1546. É o caso especial de um homem que deixou a pirataria para tornar-se comandante das tropas do sultão, e que ganhou muito prestígio e cargos importantes.

CALICO JACK — É considerado por muitos o criador da bandeira negra, com caveira e dois ossos cruzados, adotada por todos os barcos piratas. (Embora, historicamente, existam várias versões sobre sua origem.) Tinha um estilo pessoal marcante: usava trajes brilhantes e coloridos. Chamava-se John Rackham e, ao contrário da maioria dos piratas, admitiu duas mulheres em sua tripulação: Anne Bonny e Mary Read. Navegou pelo Caribe e pela costa sudoeste dos Estados Unidos. Foi capturado pelos ingleses, julgado e enforcado.

BLACK BART — Bartholomew Roberts criou um docume to com onze artigos, que se tornaram a norma de conduta d comportamento pirata. Chegou a capturar 450 navios na costa do Atlântico. Morreu em 1722, durante um combate com a marinha inglesa. Tornou-se um pirata lendário.

ANNE BONNY — Era filha de um homem rico, mas rebelou-se contra sua classe social. Casou-se com um marinheiro pobre, James Bonny. Mas achou a vida de dona de casa monótona. Fugiu para Nassau. Conheceu o pirata Calico Jack, que aceitou embarcá-la em seu navio. Em 1720, o navio de Jack foi atacado pelos ingleses. Conta-se que Anne lutou bravamente, e resistiu até mais que o capitão. Foi presa, mas conseguiu ser perdoada. Deixou a vida de pirata e viveu em terra firme até os 93 anos.

CAPITÃO KIDD — O capitão Kidd começou a vida como caçador de piratas. Tanto que saiu da Inglaterra em 1696 com a missão de atacar piratas que povoavam o Oceano Índico. Sua tripulação, porém, ambicionava conquistar riquezas. Amotinou-se, e os marinheiros exigiram saquear e conquistar navios. Kidd mudou de lado e, em vez de caçar piratas, tornou-se um deles. Quando voltou ao mar do Caribe, descobriu que passara a ser considerado fora da lei pelas autoridades. Foi capturado e enforcado. Mas, segundo a lenda, deixou muitos tesouros escondidos.

SIR. FRANCIS DRAKE — Em relação a outros piratas, tinha uma situação única. Era um súdito prestigiado da rainha Elizabeth I da Inglaterra. Esta não só o autorizava a atacar navios (desde que não fossem ingleses) como o condecorou e lhe concedeu o título de Sir. Drake. Tornou-se o terror dos espanhóis, inimigos da Inglaterra na época. O rei da Espanha chegou a oferecer uma recompensa por sua cabeça, no valor de 20 mil ducados (algo, em valores atuais, em torno de 6 milhões de dólares). Mas ele sempre gozou da proteção da coroa inglesa, podendo viver livremente em terra firme.

HENRY MORGAN — Lutou contra os espanhóis no Caribe, entre 1660 e 1670. Chegou a ser considerado o maior de todos os corsários, devido a sua grande frota de navios. Foi preso em 1672. Mas se safou. Em 1678 tornou-se governador da Jamaica, ocupando essa posição também entre 1680 e 1682. Contraditoriamente, durante sua gestão a Jamaica aprovou leis antipirataria. Morgan auxiliou o país a lutar contra a pirataria, por mais surpreendente que pareça.

Muitos outros piratas deixaram suas marcas. Suas vidas são repletas de acontecimentos incríveis, de fortunas inesperadas. Suspeita-se que ainda há muitos tesouros enterrados, em vários lugares do mundo. Alguns estão no fundo do mar. Outros, em alguma ilha ou praia... que na época eram desertas e desconhecidas. Mas quem sabe hoje?

Ainda existem caçadores de tesouros, em busca das fortunas secretas dos piratas!

Parte 1

O VELHO PIRATA

1
O ESTRANHO HÓSPEDE

Ainda lembro da brisa no meu rosto, do flutuar do navio e da emoção ao ver pela primeira vez as praias, as florestas e os picos das montanhas da Ilha do Esqueleto. Todas as aventuras estão vivas no meu coração. É uma história tão emocionante que não pode cair no esquecimento, de acordo com o doutor Livesey e o fidalgo Squire Trelawney. A conselho desses dois amigos, que também participaram de tudo, decidi escrever este livro. Quem nunca sonhou achar um tesouro? Estou pronto para traçar a primeira linha. O papel está à minha frente. Molho minha pena de ouro no tinteiro. As recordações se tornam mais vivas, sinto meu coração bater mais forte. Estou de volta ao ano de 17_. Meu pai era dono da estalagem Almirante Benbow, na estrada para Bristol, perto do mar. Recebíamos hóspedes, fornecíamos refeições em nossa grande sala e também tínhamos uma taverna. Lembro-me como se fosse ontem da chegada de um estranho hóspede, um velho lobo do mar, vestido com um casaco azul, já bem gasto. Atrás dele vinha um rapaz que carregava um baú de marinheiro. Era um homem forte, queimado de sol, com o cabelo preso em um rabicho, que caía sobre a gola de seu casaco manchado e gorduroso. Mãos enormes, calejadas, cheias de cortes. Unhas pretas. Na face, a cicatriz de um antigo golpe de sabre[1].

Parou para olhar a baía, assobiando e cantando uma velha canção do mar, que mais tarde eu ouviria com frequência. Examinou a paisagem com atenção, avaliando nossa localização. Finalmente entrou e fez uma pergunta a meu pai:

— Vem muita gente aqui, amigo?

Meu pai respondeu que, infelizmente, não. Ultimamente a estalagem andava bem vazia.

[1] Sabre é um tipo de espada de lâmina curvada.

— Ótimo. É exatamente o que desejo.

Gritou para o carregador:

— Descarregue esse baú e leve ao quarto que me derem. Vou ficar aqui por uns tempos!

Olhou para meu pai firmemente. Apresentou-se:

— Sou um homem sem grandes exigências. Ovos com presunto e esta linda baía para ver os navios é tudo o que quero. Quanto a meu nome... todos me conhecem por Capitão. É assim que devem me chamar.

Tirou quatro moedas de ouro do bolso, que pôs na mão de meu pai.

— Avise-me, quando eu tiver gasto todo esse valor.

Apesar de malvestido, era autoritário. Tinha jeito de quem estava mais acostumado a mandar do que a obedecer. O homem que trouxera o baú nos contou que fora contratado no dia anterior em outra estalagem, a Royal George. Perguntara sobre outros locais de hospedagem à beira do litoral, e tinham indicado nossa estalagem. Inicialmente, imaginei que viera graças à boa fama da Benbow. Mais tarde, porém, conclui que nos escolhera por estarmos em um lugar mais afastado que as outras hospedarias.

Assim, se acomodou sob nosso teto.

Era um homem metódico. Todos os dias, com o binóculo na mão, dava um passeio pelas redondezas. Observava a estrada, cautelosamente. Logo conclui que temia a chegada de alguém. À noite, sentava-se em frente à lareira. Quase nunca respondia, se alguém lhe fazia alguma pergunta. Limitava-se a olhar a pessoa de cima a baixo, em silêncio. Mal-humorado. Fosse quem fosse, logo se afastava.

A todos perguntava se haviam visto alguém estranho na região. Óbvio que estava se escondendo de uma ou mais pessoas. Quando algum marinheiro chegava para se hospedar na estalagem, antes de qualquer coisa, ele observava o novo hóspede através da cortina. Só depois entrava na sala, mas não se aproximava do recém-chegado. Pouco tempo após sua chegada, fez um acordo comigo. Combinou que me pagaria uma moeda de prata por mês, todo dia primeiro, para que eu o avisasse imediatamente se chegasse na região um marinheiro com uma perna de pau. Sempre quando eu ia reclamar meu pagamento, ficava de mau humor. Bufava, me ignorava. Mas nunca deixou de me dar a moeda de prata.

O misterioso homem de perna de pau não me saía da cabeça. Tinha pesadelos com ele. Nas noites de tempestade, eu o imaginava em milhares de formas e expressões diabólicas. Fora isso, sempre fui bem corajoso. Nunca tive medo do Capitão. Mas eu era exceção. Quando bebia, ele aterrorizava a todos com suas histórias. Falava de piratas e monstros marítimos. Ou obrigava todos a cantar com ele. Era terrível. Dava socos na mesa, exigindo obediência. Pedia silêncio ou estourava porque não lhe tinham feito pergunta alguma. Praguejava. Cuspia. Arregalava os olhos. Jogava o rabo de cavalo para trás. Passava a mão no casaco azul. Cantava. Suas histórias tétricas envolviam bandidos, facadas, combates corpo a corpo, tempestades pavorosas. Pelo que dizia, tinha vivido no meio dos piores homens do mundo, e seu modo de falar apavorava os simples camponeses que frequentavam nossa taverna.

Meu pai se preocupava. Dizia que o Capitão afastava os clientes. Agora, olhando para o passado, vejo que foi muito pelo contrário. O Capitão dava vida àquele lugar perdido no meio do nada.

O problema foi outro. A longa permanência do Capitão em nossa estalagem começou a nos arruinar. Simplesmente, quando se esgotou o valor das quatro moedas que dera a meu pai, ele não pagou mais nada. A dívida só crescia. Cheguei a pensar que seu dinheiro acabara. Mais tarde, como veremos, descobri que não. Não adiantava meu pai cobrar a dívida. Quer dizer... tentar cobrar! Bem que ele tentou... Várias vezes. Mas a reação do nosso hóspede era muito violenta. O Capitão bufava. Reagia. Papai sentia tanto pavor que se refugiava na cozinha. Muitas vezes vi meu pai desesperado depois dessas tentativas de cobrança, e estou certo de que o medo que passou ajudou a acelerar seu fim prematuro.

O Capitão passou a viver gratuitamente em nossa estalagem. Tem mais. Nunca trocou de roupa! O casaco azul ficou em farrapos. De tantos remendos, parecia um mosaico. Mesmo assim, não tirava do corpo. Uma das abas do chapéu de tricornio[2] desabou.

Também não parecia ter parentes ou amigos. Nunca enviou ou recebeu carta alguma. Ninguém o procurava.

Nunca vi o baú ser aberto.

O Capitão só foi confrontado uma vez. Isso aconteceu quando meu pai já estava muito doente. O doutor Livesey veio ver o estado de saúde dele no fim da tarde e ficou para jantar, a convite de minha mãe. Lembro-me do

[2] Estilo de chapéu que era popular desde o século XVI até o século XVIII, saindo de moda no início do século XIX em diante. Trata-se do típico chapéu de pirata, com abas.

contraste entre o médico e o Capitão. O doutor de aspecto franzino, asseado, de maneiras gentis, usava uma peruca empoada, como era moda na época, e da qual o médico tinha muito orgulho. O lobo do mar, pesado, rude, de modos grosseiros.

Bruscamente, o Capitão começou a cantar. O doutor Livesey não gostou nada da canção, que falava sobre mortos e bebida alcóolica. Olhou de maneira atravessada para o Capitão e não lhe deu mais atenção. Foi conversar com o jardineiro, Taylor. O Capitão, irritado, começou a cantar mais alto. Bateu na mesa. Exigiu silêncio. Pediu a atenção de todos. O doutor Livesey não se importou e continuou a falar com o jardineiro sobre o reumatismo. O Capitão ficou muito irritado. Deu socos na mesa e gritou:

— Silêncio aí no convés!

— O senhor está se referindo a mim? — perguntou o doutor Livesey.

Quando o Capitão respondeu grosseiramente que sim, o médico retrucou:

— Tenho apenas uma coisa a lhe dizer. Se continuar a beber tanto como agora, o mundo logo, logo, ficará livre de sua presença.

Furioso, o Capitão se ergueu. Puxou o sabre da cintura e ameaçou o médico. O doutor Livesey nem se moveu. Falou no mesmo tom firme de antes, bem alto, para que todos pudessem ouvir:

— Guarde essa arma. Ou garanto que, no próximo julgamento que houver na região, vai diretamente para a forca.

Os dois se encararam, e nenhum parecia estar disposto a abaixar o olhar. Foi tenso. Finalmente, o Capitão colocou o sabre novamente na cintura, e voltou a seu lugar.

— Vou estar atento a seus movimentos dia e noite — avisou o médico.

Sem tirar os olhos do Capitão, continuou:

— Eu não sou apenas médico. Sou um magistrado. Aceitarei qualquer reclamação contra o senhor, se der mais demonstrações de incivilidade. Fique sabendo: vai para a cadeia no próximo deslize!

Nesse instante, o cocheiro chegou com o cavalo do doutor Livesey. Ele se foi. O Capitão se manteve em paz por aquela noite, e pelas próximas que se seguiram. Mas vários acontecimentos misteriosos provocaram uma reviravolta em minha vida e o fim do Capitão.

2
CÃO BRAVO

Passamos um inverno rigoroso, com fortes tempestades e nevascas. Doente, de cama, cada vez mais fraco, meu pai piorava dia a dia. Já sabíamos que dificilmente veria a primavera chegar. Mamãe e eu tivemos que cuidar da estalagem sozinhos. Nosso hóspede continuava se recusando a pagar pelo quarto e pelas refeições. Sua dívida só aumentava e sua presença se tornou muito indesejável. A estalagem rendia muito pouco e mal conseguíamos nos manter. Quanto mais, sustentar um hóspede caloteiro!

Vários acontecimentos, porém, pioraram a situação.

Era de manhãzinha, em um dia gelado de janeiro. O frio penetrava em nossos ossos. O céu carregado de nuvens. As ondas batiam violentamente contra as rochas. O sol nascente ainda tocava o topo das montanhas. O Capitão levantara-se mais cedo que de costume. Foi andar na praia. Como sempre, armado com seu sabre. Chapéu enfiado na cabeça, binóculo embaixo do braço. De tão frio, sua respiração parecia fumaça. Soltou um rosnado de indignação, quando passou pela grande rocha. Talvez ainda estivesse ruminando o encontro com o doutor Livesey.

Eu estava colocando a primeira refeição do dia na mesa, quando a porta do salão se abriu e um desconhecido entrou. Pálido, magro e alto. Também levava um sabre na cintura. Pediu algo para beber. Mas, antes que eu saísse para buscar, ele me deteve com um sinal. Fiquei onde estava, segurando o guardanapo. Encostado a uma mesa, pediu que me aproximasse:

— Venha cá, garoto! Mais perto!

Avancei um passo. Ele perguntou, com certa ironia:

— Esta mesa tão farta é para o meu amigo Bill?

— Não conheço nenhum Bill — respondi. — O café da manhã é para um homem a quem chamamos de Capitão.

— Bem... o Bill sempre gostou de ser chamado de Capitão. Mesmo que não fosse. Esse homem tem uma cicatriz no rosto, não tem?

Permaneci em silêncio. Ele entendeu como um sim. E me encarou, sério:

— Vou perguntar de novo: Bill *está* nesta pousada?

— Se falamos do mesmo homem, está caminhando, como todas as manhãs.

— Sabe me dizer que caminho tomou?

Apontei para a praia. A figura do Capitão não podia mais ser vista, pois um rochedo ocultava o caminho que ele seguira. Convidei o recém-chegado a esperá-lo: nosso hóspede não costumava se demorar.

— Ah, vai ser muito bom rever Bill! — exclamou, um tanto cínico.

O estranho foi até a porta e ficou parado perto dela. Tive uma sensação ruim. Parecia um gato à espreita do rato. Resolvi avisar o Capitão sobre a visita inesperada. Mas, quando dei os primeiros passos para sair, o desconhecido percebeu minha intenção e me chamou de volta. Hesitei. Seu semblante se transformou. Furioso, exigiu que eu voltasse. Hesitei. Ele insistiu, mais bravo ainda. Só se acalmou quando entrei novamente na estalagem. Ainda assim, reclamou:

— O mais importante para um rapaz é a disciplina. Devia ter voltado assim que eu chamei da primeira vez.

Teria continuado a me censurar se não tivesse visto o Capitão se aproximando, ao longe. Parou de falar. Animou-se:

— Lá vem o meu camarada Bill! Venha, vamos nos esconder. Aposto que ele vai ter uma surpresa!

O homem se posicionou de maneira a não ser visto quando a porta fosse aberta. E me fez ficar atrás dele. Fiquei bem assustado. Mais ainda, quando o estranho soltou seu sabre da bainha. Só que ele também estava nervoso. Engolia em seco, na expectativa do reencontro. Quando o Capitão entrou, foi diretamente para a mesa onde a refeição estava servida.

— Bill — chamou o desconhecido.

O Capitão virou-se rapidamente. Olhou o recém-chegado demoradamente. Empalideceu. Era como se visse um fantasma! De repente, parecia velho e frágil. O estranho insistiu:

— Bill, não está me reconhecendo? Sou seu antigo companheiro de bordo! Estivemos juntos no mesmo navio, lembra-se?

— Cão Bravo! — exclamou o Capitão.

— Quem mais poderia ser? — retrucou o outro, já à vontade. — Sou seu velho amigo Cão Bravo. Estou feliz porque achei meu velho companheiro Bill, aqui na Estalagem Almirante Benbow. Gostou da surpresa?

O Capitão respondeu, orgulhoso:

— Já que veio até aqui, diga logo o que quer!

Cão Bravo sorriu, irônico. Convidou:

— Vamos sentar e conversar? Como fazem dois bons amigos do passado quando se reencontram?

Era óbvio que o Capitão não estava nem um pouco satisfeito com a presença do outro. Sentaram-se frente a frente. Cão Bravo, mais perto da porta. Era uma posição estratégica. Podia ficar com um olho no velho marinheiro e o outro na sua rota de fuga.

Em seguida, Cão Bravo pediu que eu saísse do salão, pois queria ter uma conversa particular com o Capitão. Ainda avisou:

— Não espione pela fechadura!

Apesar do tom de ameaça, eu estava muito curioso. Fui para atrás da porta, mas me esforcei para ouvir o que eles diziam. Inutilmente. Falavam muito baixo e não consegui entender uma palavra. Aos poucos, as vozes se ergueram. O Capitão gritou:

— Não, não e não! Assunto encerrado!

De repente, ouvi um barulhão. Gritos. Móveis se quebrando. Corri para o salão. Um atirou a cadeira, o outro derrubou a mesa. Quando entrei, ambos haviam desembainhado os sabres. O Capitão era mais ágil e atingiu Cão Bravo. Mesmo ferido no ombro, este correu para fora. O Capitão o perseguiu. Ainda na porta, o Capitão deu mais um golpe com o sabre. Tão forte, que teria atingido gravemente o adversário, se não fosse aparado pela tabuleta com o nome da estalagem. Até hoje se vê a marca do sabre na madeira.

Salvo pela tabuleta! Cão Bravo correu e fugiu. O Capitão permaneceu na porta da estalagem, rosnando como um animal selvagem. Em seguida, entrou e me fez sinal para acompanhá-lo. Queria falar alguma coisa, mas curvou-se. Apoiou a mão na parede.

— Está ferido? — perguntei.

— Depressa, me ajude! Eu preciso recuperar minhas forças para partir. Traga algo quente para eu beber! — respondeu.

Corri para a taverna, obedecendo mais do que depressa a sua ordem. Eu próprio estava tão nervoso que quebrei um copo e demorei um pouco mais para limpar os cacos. Subitamente, ouvi um barulho na sala. Voltei às pressas. O Capitão estava estendido nas tábuas do piso. Gritei pedindo ajuda. Minha mãe desceu as escadas correndo, deixando meu pai acamado. Ambos erguemos a cabeça do Capitão. Respirava com dificuldade. Olhos fechados. Sua face tinha uma cor horrorosa.

— Tudo isso acontecendo e meu pobre marido doente! — lamentou-se minha mãe. — Que vamos fazer?

Eu também não tinha a menor ideia. Para nossa sorte, nesse instante o doutor Livesey entrou na estalagem. Viera visitar meu pai, como fazia frequentemente. Sentimos um enorme alívio.

— Doutor! Que bom que chegou! — exclamou mamãe.

O médico examinou rapidamente o velho lobo do mar. Ao contrário do que eu e mamãe pensávamos, ele sequer fora atingido na luta.

— Ferido? — admirou-se o doutor Livesey. — Que ferimento, que nada! Ele teve um ataque de apoplexia[3]!

Aconselhou:

— Senhora Hawkins, quando subir as escadas e estiver com seu marido, não lhe conte nada. Está doente, é melhor que não passe por uma tensão desnecessária. Eu tratarei do caso. Como médico, é minha obrigação, por mais que este sujeito me desagrade.

[3] O conceito de "apoplexia" pode ter hoje uma nova designação: "acidente vascular cerebral".

Pediu uma bacia. Quando voltei com ela, o doutor já rasgara a manga da camisa do Capitão. Vi seu braço pela primeira vez. Tinha muitas tatuagens, entre elas "Sorte", "Sucesso" e "Billy Bones e seus sonhos".

O médico murmurou:

— Senhor Bones, se for esse seu nome, como indica a tatuagem, vamos fazer uma sangria[4] para salvar sua vida.

Em seguida, me perguntou:

— Jim, você tem medo de sangue?

— Não, senhor — respondi.

— Bem, então, segure a bacia.

Com uma lanceta, fez uma incisão na veia do braço do Capitão.

O sangue saiu em grande quantidade. O paciente abriu os olhos. Fixou o olhar no doutor. Sua reação não foi nada amistosa. Quando me viu, entretanto, ficou mais aliviado. Tentou se levantar, aos gritos:

— Onde está Cão Bravo?

[4] Modalidade de tratamento médico que estabelece a retirada de sangue do paciente como tratamento de doenças. Pode ser feita de diversas maneiras, incluindo o corte de extremidades ou o uso de sanguessugas. No texto, o doutor Livesey usa uma lanceta para pinçar a veia e retirar o sangue do paciente. Foi a prática mais comum da medicina da Antiguidade até o século XIX. Hoje, na medicina moderna, foi abandonada. A não ser em casos muito específicos. Mas na época se acreditava que a retirada do sangue equilibrava a saúde do enfermo.

— Não há nenhum Cão Bravo por aqui — respondeu o doutor. — O senhor teve um ataque apoplético. Exatamente como eu avisei que aconteceria se continuasse a beber. Cheguei bem a tempo! Está salvo, por enquanto. Mas agora, senhor Bones, quero lhe dar alguns conselhos...

— Meu nome não é Bones — ele retrucou, interrompendo o doutor Livesey.

— Seja qual for o seu nome, ouça muito bem o que vou lhe dizer. Se continuar a beber, morrerá mais depressa do que imagina. Venha, eu e Jim o ajudaremos a ir para seu leito.

Com muito esforço, eu e o doutor praticamente carregamos o Capitão para cima e o deitamos na cama. Depois que saímos do quarto, o médico me preveniu:

— Aconselho expressamente que ele fique de repouso por uma semana. Outro ataque será fatal.

E tratou de cuidar de meu pai, que piorava a cada dia.

3
A MARCA SECRETA

Tudo o que acabei de narrar aconteceu de manhã. Era quase meio-dia quando voltei ao quarto do Capitão, com uma refeição e remédios. Ele continuava deitado, na mesma posição em que fora deixado. Estava muito agitado, apesar da fraqueza.

— Jim, hoje em dia você é a única pessoa no mundo que ainda tenta me ajudar. Em compensação, sempre serei bom para você. Agora me faça um favor: traga uma dose de rum!

— O doutor disse que se voltar a beber... — tentei falar.

Ele me interrompeu, irritado:

— O que esse médico sabe de homens do mar? Já sobrevivi a navios incendiados! Vi companheiros cair de febre amarela em terras desconhecidas. Passei por terremotos que faziam fendas no solo, capazes de engolir um homem! Ouça bem. Eu lhe darei uma moeda de prata se me trouxer algo para beber.

Eu me ofendi com a tentativa de suborno:

— Não quero seu dinheiro. Pague, sim, o que deve nesta estalagem! Eu lhe trarei uma única dose e nada mais.

Fui buscar um pouco de rum. Quando voltei, o Capitão me esperava ansioso, quase sentado. Virou o copo em um só gole.

— Jim, o doutor disse por quanto tempo preciso ficar de cama?

— Uma semana, pelo menos.

Ele urrou:

— Impossível! Não posso! Já descobriram onde estou. Os trastes virão atrás de mim!

Refletiu um pouco e mudou de atitude, corajosamente.

— Quer saber? Não tenho medo deles. Vou me erguer como uma vela de navio ao vento. Quero ver quem pode comigo!

Levantou-se da cama. Apoiou-se no meu ombro. Suas mãos me agarraram com tanta força que quase gritei de dor. As palavras corajosas contrastavam com seu estado de saúde. Suas pernas pareciam pesar. Arrastava-se com dificuldade.

— Ouço um zumbido que não quer parar! — murmurou.

Ele mesmo se convenceu:

— Preciso deitar novamente, Jim!

Praticamente caiu na cama. Permaneceu em silêncio por uns minutos. Sussurrou:

— Você viu aquele homem, Jim, que é apelidado de Cão Bravo. Ele é ruim, mas foi enviado por gente muito pior. Eu pretendia sumir novamente, mas parece que não vou conseguir sair daqui. Preciso de um favor seu. Procure aquele médico e peça-lhe para chamar as autoridades. Explique que estou em perigo. Toda a antiga tripulação do Flint está atrás de mim. Querem meu baú, é isso que querem, meu baú!

Respirou fundo e contou:

— Você precisa saber, meu amigo. Fui o imediato do capitão Flint. Sou o único que sabe o lugar exato onde...

Emudeceu, como se tivesse falado demais. Depois de algum tempo, continuou:

— O velho Flint me deu o mapa quando estava morrendo...

Eu estava de olhos arregalados, sem entender muito bem o que acontecia. Mas, sem dúvida, estava diante de uma grande história. O Capitão pensou mais um pouco e mudou de opinião:

— Espere! Não peça socorro por enquanto. Só faça isso quando me entregarem a Marca Negra!

— Que marca é essa, Capitão?

— É um símbolo pintado em tinta negra, que só nós, os piratas do navio de Flint, conhecemos. Junto com o símbolo vem sempre uma mensagem, que equivale a uma intimação! Quem recebe a Marca Negra tem que fazer exatamente o que ela disser. Eu sei que todos estão atrás de mim, eu sei! Querem algo que me pertence! Se eu não entregar por bem, vão usar a força para pegar. Mas adivinhe! Eu jamais darei o que desejam.

O Capitão me olhou fixamente:

— Se um deles trouxer a Marca Negra, não tenho alternativa. Ou entrego o que procuram, ou corro imenso risco. Fique atento, Jim. Prometo dividir com você o que tenho ou vier a possuir. Tem minha palavra, terá metade de tudo!

Assustei-me bastante com aquela conversa, mas continuei a tratar do Capitão. Depois de engolir uma dose do remédio fornecido pelo doutor, ele adormeceu.

Decidi que contaria essa história ao doutor o mais depressa possível. Mas na mesma noite, meu pai faleceu. Fiquei bem ocupado com os preparativos do funeral, embora os vizinhos tenham ajudado bastante. Deixei de lado a conversa que tivera com o Capitão. Dediquei à morte de meu pai todos os sentimentos de meu coração.

Para minha surpresa, na manhã seguinte, o Capitão desceu as escadas. Parecia bem. Até comeu um pouco mais do que o normal. Também nos encarava ferozmente, mas não lhe demos nenhuma atenção especial. Só estávamos preocupados com o enterro de papai, no dia seguinte. De noite, o Capitão estava completamente bêbado. Foi chocante ouvi-lo cantar suas canções de marinheiro durante o velório. Ninguém conseguiu fazê-lo parar. Lamentavelmente, o doutor não estava lá para nos ajudar. Fora atender um caso em uma aldeia distante.

Um dia após o funeral, eu estava na porta da estalagem, entristecido. Avistei um vulto na estrada. Obviamente, era um cego. Caminhava apoiando-se em uma bengala e na cabeça tinha um lenço verde. Usava um casacão surrado. Era idoso, de aparência frágil. Parou em frente à estalagem. Iniciou uma conversa, como se não soubesse onde estava:

— Amigo, como pode observar, não enxergo. Perdi a visão na defesa de meu país, a Inglaterra! Que Deus abençoe o

Rei George[5]! Pode me dizer em que parte de minha gloriosa pátria eu me encontro?

— O senhor está na estalagem Almirante Benbow, em Black Hill Cove — eu disse.

— Sua voz é muito jovem! Muito prazer, meu nome é Pew.

— Eu sou Jim Hawkins.

— Por gentileza, pode me conduzir para dentro?

Fui até ele e lhe estendi a mão. Ele cravou seus dedos em mim e me prendeu junto a seu corpo. Assustei-me. Lutei para escapar. Mas Pew era mais forte, muito mais do que sua aparência fazia supor. Ordenou:

— Agora, moleque, leve-me até o Capitão.

— Senhor, não posso...

— Ah, pode, sim — disse ele, com ar de zombaria. — Ou quebro seu braço.

Dizendo isso, deu-me um tranco que me fez lacrimejar de dor.

— O Capitão não é mais quem era. Está doente. É outro homem — tentei argumentar.

[5] A Inglaterra uniu-se à Escócia, que mais tarde uniu-se também à Irlanda, formando o Reino Unido em 1800. Esses países foram governados por um regime monárquico e parlamentar. Os reis Georges, da casa de Hanover, governaram a Inglaterra entre 1660 (George I) e 1830 (George IV) e foram sucedidos por Guilherme IV.

— Pare de conversa. E me leve até ele.

Nunca ouvira um tom de voz tão cruel. Tremi.

— Quando ele me avistar, grite: "Aqui está o seu amigo Bill" — ordenou.

Aterrorizado, levei-o para a sala, onde estava o Capitão. Assim que nos viu, este tentou se levantar. Não conseguiu. Estava sem forças. Fiz como Pew havia pedido, e os dois homens ficaram frente a frente.

— Bill, sente-se — disse Pew. — Não consigo enxergar, mas tenho ouvidos afiados! Sou capaz de ouvir um dedo dobrando! Sabe, meu caro, há muito tempo desejava este encontro. Negócios são negócios, e temos que resolver nossa pendência. Levante a mão esquerda. Garoto, pegue a mão dele e traga até minha mão direita.

Obedeci. Rapidamente, Pew colocou um papel que estava em sua mão diretamente na palma do Capitão.

— Pronto, está feito — disse Pew.

Soltou meu braço. Com gestos precisos, que me surpreenderam, saiu da estalagem e foi embora.

O Capitão abriu o punho. Mostrou o símbolo pintado em tinta negra.

— É a Marca Negra.

Olhei o desenho misterioso e senti um arrepio. Em seguida, o Capitão mostrou: havia um recado junto à Marca. Após lê-lo, se descontrolou:

— Eles virão às 10 horas da noite!

Verificou no relógio. Eram apenas 4 da tarde.

— Tenho apenas seis horas até lá. Preciso sair daqui, seja do jeito que for. Ajude-me!

Levantou-se. Mas o gesto brusco foi demais para ele. Sua expressão se transformou. Engoliu em seco. Emitiu um som estranho. Pôs a mão no pescoço. Caiu no chão, o rosto voltado para baixo. Abaixei-me para socorrê-lo. Tarde demais. Estava morto. Chorei, abalado pelos acontecimentos. Era a segunda morte que presenciava em tão pouco tempo, e a tristeza pelo meu pai ainda estava viva no meu coração.

4
O SEGREDO DO BAÚ

Chamei minha mãe. Mostrei o corpo do Capitão e contei tudo o que estava acontecendo. Estávamos em uma situação difícil e perigosa. Para piorar, praticamente não tínhamos mais dinheiro. Inclusive porque o Capitão nos causara um grande prejuízo, vivendo à nossa custa, sem nunca ter acertado o valor da hospedagem. Morava sob nosso teto, comia e bebia de graça. Já nos devia uma boa soma, que minha mãe calculava toda semana. Mas era impossível que seus companheiros, particularmente os dois que eu conhecera, Cão Bravo e Pew, estivessem dispostos a saldar a dívida do morto.

Haviam dado um prazo até as 10 horas da noite para o Capitão entregar o que desejavam. Já estavam a caminho, certamente. Pensei em correr até o doutor Livesey e pedir ajuda. Mas não podia deixar minha mãe sozinha e desprotegida, e ela não era tão ágil quanto eu. Que fazer? A estalagem era isolada, vulnerável. Estávamos sem hóspedes. Qualquer ruído fazia meu coração disparar. Mamãe também tinha medo. O crepitar das chamas na lareira, o tique-taque do relógio, o vento nas janelas, tudo nos enchia de medo. Era preciso agir.

Meu terror aumentava só de pensar no corpo morto do Capitão no chão da sala. Eu tremia. Meus cabelos se arrepiavam. Tínhamos que tomar uma atitude, o mais depressa possível. Finalmente, resolvemos ir até a aldeia mais próxima para pedir ajuda (o doutor Livesey vivia a uma boa distância de lá). A aldeia ficava na outra encosta da colina, na direção oposta da que chegariam os piratas. Não era longe, mas não se via a estalagem de lá, devido a uma curva da estrada. Percorremos o caminho em pouco tempo, mas chegamos quando já era noite. Sempre me lembrarei da alegria que senti ao ver as janelas iluminadas da aldeia. Mas logo me decepcionei. Ninguém quis nos acompanhar de volta à estalagem. O nome do capitão Flint, novo para mim, já era bem conhecido, e aterrorizava a população. Alguns camponeses, ainda chegando das plantações, afirmaram ter visto vários estranhos, suspeitos, na estrada. Um deles contou que havia até mesmo um pequeno vel ro pirata, ancorado não muito longe.

Só conseguimos convencer um rapaz a avisar o doutor Livesey. Mas ninguém, repito, quis nos acompanhar de volta. Minha mãe, corajosamente, disse a todos:

— Eu e Jim voltaremos à estalagem sozinhos, para saldar a dívida que o Capitão deixou. Meu filho é órfão e não deve ser prejudicado. O dinheiro desse homem deve estar no baú. Vamos pegar somente o que ele nos devia e voltar.

Tentaram convencê-la a desistir. Ela não se convenceu. Segundo nossos cálculos, ainda tínhamos algumas horas. Voltamos rapidamente. Uma imensa lua cheia iluminou nosso caminho. Entramos na estalagem e trancamos a porta. Acendemos uma vela. Estávamos a sós com o morto.

Primeiro, vasculhamos o quarto do Capitão, mas não encontramos a chave do baú. Voltamos à sala, onde ele estava caído. Hesitei. Mas depois me ajoelhei ao lado do corpo do velho pirata. Remexi seus bolsos. Encontrei o papel com a Marca secreta de um lado. Do outro, a mensagem: "Você tem até as 10 horas de hoje". Mostrei o aviso para minha mãe, confirmando que ainda tínhamos um bom tempo para fugir.

— Procure a chave, Jim — pediu minha mãe.

Mexi novamente nos bolsos do surrado casaco azul. Só encontrei algumas moedas de pouco valor, um dedal, linha e agulhas. Um canivete, um compasso.

— A chave não está aqui! — concluí.

— Talvez esteja dependurada em seu pescoço — sugeriu minha mãe.

Não havia outro jeito. Abri sua camisa. A chave estava dependurada num barbante, que ele trazia no pescoço. Com o canivete do próprio Capitão, cortei o barbante e peguei a chave. Subimos até o quarto. O baú continuava no mesmo lugar, desde a chegada do Capitão à estalagem. Era um baú comum, semelhante ao usado pela maioria dos marinheiros. Tinha a letra B gravada na tampa. Os cantos estavam amassados, lascados, com certeza devido às viagens frequentes. Entreguei a chave a minha mãe. Apesar da ferrugem, ela conseguiu abrir a fechadura. A tampa caiu para trás. A primeira coisa que vimos foi um monte de roupas novas. Estranhamos, pois o Capitão nunca se trocava. Minha mãe as examinou. Nunca tinham sido usadas. Por baixo delas, apareceu uma miscelânea de objetos — um quadrante, uma caneca de estanho, duas pistolas, uma barra pequena de prata, um velho relógio espanhol, duas bússolas e cinco ou seis conchas de mares desconhecidos. No fundo do baú havia uma pasta de couro, que minha mãe puxou, impaciente. Estava aberta.

Um maço de papéis amarrados caiu à nossa frente. Caiu também um saquinho, com a boca amarrada, que fez um som metálico. Minha mãe tratou de abri-lo. Estava cheio de moedas. Mas ela afirmou que não pegaria nem uma moedinha além do valor da dívida deixada pelo Capitão.

— Vou mostrar a esses patifes o que é uma mulher honesta — disse ela.

Cuidadosamente, começou a contar as moedas, para quitar somente o valor da dívida. Mas não era nada fácil. Eram de países diferentes, de tamanhos e valores variados. Dobrões espanhóis, luíses de ouro franceses, guinéus[6] e outras moedas que eu nem conhecia. De repente, ouvi um ruído familiar. Era a batida da bengala de Pew, caminhando pela estrada! Pelo som, percebi quando parou em frente à nossa estalagem.

— Mãe, pegue tudo e vamos fugir — propus.

Mesmo apavorada como estava, ela não me autorizou a pegar o saquinho de moedas inteiro. Insistiu mais uma vez que só queria quitar

[6] Dobrão foi uma moeda portuguesa/brasileira que circulou durante o reinado de Dom João V (1707-1750), considerada a maior moeda de valor intrínseco já tendo circulado no mundo. O nome também designa uma moeda espanhola; luíses de ouro são antigas moedas francesas. As mais antigas remontam ao rei Luís XIII, em cujo reinado começaram a circular (1640). O retrato do rei Luís está em um lado da moeda; o brasão real no reverso. O guinéu (do inglês *guinea*) foi cunhado a partir de 1663 para o tráfico de escravos e extinto em 1813. Foi a primeira moeda de ouro britânica feita a máquina.

a dívida do velho pirata. Nem mesmo cedeu a meu argumento de que o Capitão me deixara metade do que tinha. Subitamente, ouvimos o som de um apito. Era um sinal dos piratas, sem dúvida. Embora faltassem ainda algumas horas para as 10, concluímos que não havia mais tempo. Era preciso fugir.

— Vou pegar o que já consegui contar — mamãe resolveu.

Resolvi levar o maço de papéis que havia caído da pasta.

— Estou curioso para saber o que é.

Não podia imaginar que por conta disso minha vida se transformaria completamente. Fugimos pelos fundos da estalagem, deixando a vela acesa ao lado do baú. A lua cheia, que nos ajudara a chegar mais depressa, agora tornava-se um problema. Seria impossível chegar à aldeia sem sermos vistos! Ouvimos o som de homens se aproximando. Eram os bandidos! Uma lanterna avançava pela noite. Eu sabia que aqueles homens não tinham limites! Se nos pegassem, seria nosso fim.

— Pegue o dinheiro e corra, Jim. Assim pelo menos você se salva — pediu minha mãe.

Eu jamais a deixaria sozinha naquela situação! Já havíamos alcançado a ponte. Puxei minha mãe e conseguimos nos esconder embaixo dela. Ficamos quietos, trêmulos, atentos ao perigo.

5
ADEUS, PEW!

A curiosidade venceu o medo, e não pude resistir à vontade de descobrir o que estava acontecendo. Não fiquei muito tempo escondido sob a ponte. Fui para trás de um grupo de arbustos, de onde era possível observar a entrada da Almirante Benbow. Pouco depois apareceram uns sete ou oito homens, correndo. O que vinha à frente trazia uma lanterna. Logo ouvi a voz de Pew, que chegara antes na estalagem. Estava diante dela! Mesmo sem enxergar, ele era capaz de saber exatamente onde estavam seus comparsas. Ordenou:

— Arrombem a porta!

Dois ou três responderam ao mesmo tempo:

— É pra já!

Porém, diante da porta, estacaram surpresos pela falta de resistência, e pela ausência de gritos desesperados, meus e de minha mãe. Só tiveram que arrebentar o ferrolho. Percebi que cochichavam, preocupados. Seria uma armadilha? A pausa foi breve. Pew assumiu o comando, impaciente. Gritou, com voz vibrante e forte:

— Entrem! Entrem de uma vez!

Quatro ou cinco dos recém-chegados obedeceram prontamente. Dois deles permaneceram com Pew. Houve um instante de silêncio. Logo em seguida, uma exclamação de surpresa:

— Bill está morto!

Pew ordenou, mais uma vez:

— Subam até seu quarto para apanhar o baú!

De onde estava, pude ouvir os pés dos marinheiros batendo os calcanhares em nossa velha escada. Gritaram, ao entrar no quarto do Capitão e descobrir o baú revirado.

— Pew! — exclamou um deles — Alguém esteve aqui antes de nós!

— O rapazinho, está aí? — rosnou Pew.

— Não, mas deixou as moedas — gritou novamente o homem.

Era verdade: como prometera, minha mãe pegara só o suficiente para cobrir a dívida do Capitão. Pew gritou:

— Pouco me importam as moedas! Quero os papéis do Flint!

— Não estão aqui!

Pew fez uma pausa, pensando. Gritou:

— Vocês aí embaixo, já procuraram no corpo do Bill?

Outro homem, que provavelmente ficara para examinar o corpo do Capitão, gritou de volta:

— Já revistei o Bill. Não tem nada.

Pew concluiu imediatamente:

— Só pode ter sido aquele rapazinho da estalagem! Certamente pegou os papéis do Flint! Eu devia ter acabado com ele quando estive aqui da outra vez, sempre achei que era uma ameaça a nossos planos! Mas, se não estão aí dentro, também não devem estar longe. Ele estava aqui com a mãe, faz pouco tempo, tenho certeza!

Um pirata que estava na janela concordou:

— Ainda há uma vela acesa ao lado do baú! Só podem estar por perto!

Pew continuou a dar ordens:

— Espalhem-se! Capturem o rapazinho e a mãe! Pelo sim, pelo não, também virem a casa do avesso! Quem sabe os papéis do

Flint estão em outro lugar! Procurem. Tem mais. Destruam tudo! Esses dois têm que aprender que não se brinca conosco! — esbravejou Pew, sacudindo a bengala.

Ouvi uma barulheira enorme. Passos pesados de um lado para outro. Móveis virados, portas batidas. Quando os homens saíram para fora, como eu constatei depois, não havia mais nada de pé. Só depois de destruir tudo, deixaram a estalagem.

— Realmente, os papéis do Flint sumiram. Procuramos em todos os móveis, para ter certeza — garantiu um deles.

— Achem aquele rapazinho, o Jim! Ele sabe muito bem onde estão! — mandou Pew, raivosamente.

Saíram para me procurar, e certamente teriam me encontrado, pois meu esconderijo não era tão bom assim. Mas de repente ouviu-se um apito. O som era idêntico ao que assustara minha mãe no momento da morte do Capitão. Desta vez, repetiu-se duas vezes. Vinha das colinas. Era um sinal, sem dúvida. Um aviso de perigo!

A reação foi imediata.

— Vamos sumir daqui! — gritou um dos homens.

Pew esbravejou:

— Sumir coisa nenhuma! Não sejam molengas! O moleque não pode estar longe. Tem que ser capturado.

Alguns dos bandidos, apesar de apavorados com o sinal dado pelo apito, e também irritados com Pew, começaram a caminhar pela estrada, na minha direção. Eu me agachei ainda mais atrás do arbusto. Outros deles, porém, nem se moveram. Pew gritou, em sua direção, com raiva:

— É a chance de enriquecerem! Pensem, pensem! Preferem continuar implorando por um prato de comida? Ou não é melhor passear de carruagem?

— Dá um tempo, Pew! A gente já pegou a grana! — respondeu um dos homens.

— Aquele moleque e a mãe devem ter escondido a melhor parte! Principalmente, os papéis de Flint. Que viemos fazer aqui a não ser procurar por eles? Mexam-se!

Pew, furioso, atacou os que estavam mais próximos com a bengala. Houve uma grande confusão. Brigaram entre si. Os outros desistiram de nos perseguir e voltaram, para brigar também. Durante a confusão, ouviu-se o galopar de cavalos. Quase ao mesmo tempo, um tiro de pistola, próximo às colinas. Era mais um sinal dos comparsas dos bandidos. Um sinal urgente e definitivo. Ao ouvi-lo, os piratas fugiram em todas as direções. Uns voaram para a praia, outros subiram a colina. Abandonaram Pew, não sei se por pânico ou por raiva das bengaladas. Ele gritou pelos companheiros, pois, durante a briga, havia perdido o sentido de localização. Finalmente, ao constatar que ficara sozinho, virou-se e correu estrada afora. Mas para o lado oposto em relação ao que tinha chegado. Passou por mim, gritando:

— Não abandonem o velho Pew, rapazes! Não o velho Pew!

Ouvíamos um som do galope, cada vez mais alto. De repente, um bando de cavaleiros apareceu, numa curva da estrada. Só então Pew percebeu que correra para o lado errado. Deu um grito, virou-se, tentou voltar às pressas. Tropeçou e caiu. Levantou-se rapidamente. Mas, desnorteado, praticamente atirou-se debaixo das patas de um cavalo. O cavaleiro ainda tentou desviar. Em vão. Pew gritou agoniado, enquanto rolava na estrada, pisoteado. Tentaram socorrê-lo. Tarde demais! Sua cabeça tombou. Ele morreu, atropelado pelo cavalo!

Saí do meu esconderijo. Cumprimentei os cavaleiros. Eles saltaram de suas montarias, ainda lamentando o acidente. Só então entendi o que estava acontecendo. Reconheci o rapaz que partira em busca do doutor Livesey. No caminho encontrara guardas alfandegários que acompanhavam o inspetor Dance. Ao ouvir o pedido do rapaz, não hesitaram em nos socorrer. Eu e minha mãe estávamos salvos.

O inspetor Dance voltou rapidamente para Kitt's Hole, onde soube, pelo depoimento de um dos bandidos capturados, que estava o veleiro pirata. Mas, quando chegou, a embarcação já havia deixado a baía, entrando no mar aberto. Quando o inspetor voltou, primeiro fomos deixar minha mãe em segurança na aldeia. Depois, retornamos até a Almirante Benbow. Que cenário que encontramos! Nem o relógio escapara da destruição. Tudo quebrado e estraçalhado. Embora não tivessem levado nada, a não ser o saco de moedas do Capitão e o dinheiro da caixa da taverna, estávamos completamente arruinados.

— Não compreendo! — disse o inspetor. — Você diz que, fora o dinheiro, não levaram mais nada. Então por que quebraram tudo? O que procuravam? Mais dinheiro? Qual é a explicação para tanta violência?

— Acho que não procuravam dinheiro. Queriam esses papéis, sem dúvida — respondi, mostrando o pacote do Capitão. — Preciso guardá-los em um lugar seguro.

— Se quiser, eu cuido disso — ofereceu o inspetor.

Meio sem graça, falei:

— Gostaria de levar para o doutor Livesey que...

Ele nem me deixou terminar.

— Entendo perfeitamente! É um negócio entre cavalheiros. Não vou me intrometer. No que me toca, preciso fazer um relatório sobre a morte do senhor Pew e entregá-lo a meus superiores. Mas antes, Jim, se quiser, eu o levo até o doutor Livesey.

Aceitei o convite.

— Dogger — disse o inspetor Dance —, você tem um bom cavalo. Leve o rapaz na garupa.

Montei no cavalo, segurei no cinto de Dogger, e partimos em direção à casa do doutor Livesey.

6
OS PAPÉIS DE FLINT

[7] Lorde (do inglês *lord*) é um título nobiliárquico empregado no Reino Unido. É equivalente a "Senhor" ou "Dom" em Portugal, correspondendo originalmente a um título de autoridade feudal. O feminino de "lorde" é "lady". Na verdade, o título de Trelawney é "Squire", que equivale a escudeiro, e costumava ser conferido a um grande proprietário de terras, como é o caso do personagem. Não se trata de um título de alta nobreza, mas é aristocrático. Para nos referirmos a ele, manteremos o "lorde", "fidalgo" ou "aristocrata" simplesmente.

Cavalgamos sem parar. Mas, quando chegamos à casa do doutor Livesey, descobrimos que ele não estava. Fora visitar seu amigo lorde[7], Squire Trelawney. A distância era pequena. Apeei. Correndo, acompanhei os cavalos e abri os portões da propriedade para entrarem. Percorremos um caminho cercado por árvores, e o inspetor Dance me acompanhou até a mansão. Um criado nos levou por um corredor atapetado a uma ampla biblioteca forrada de estantes. Ali estavam o fidalgo e o doutor Livesey, um de cada lado da lareira. Nunca tinha visto o aristocrata tão de perto. Era alto, com mais de um metro e oitenta, e bastante forte. O rosto franco e expressivo, marcado pela ação do vento e do sal, devido a suas longas viagens marítimas. Tinha uma expressão amigável. As sobrancelhas muito negras, ao se moverem, davam-lhe um ar de vivacidade.

— Fiquem à vontade — disse ele.

O doutor Livesey cumprimentou o inspetor e, em seguida, acenou a cabeça em minha direção. Sorriu:

— Boa noite, Jim. Que bons ventos o trazem?

O inspetor respondeu por mim, contando o que acontecera. O fidalgo e o doutor se surpreenderam tanto que até tiraram as perucas das cabeças, enquanto ouviam a história. Coloquei o pacote com os papéis de Flint sobre uma escrivaninha. Nenhum deles tocou no maço de documentos, mas percebi que estavam contendo a curiosidade.

O inspetor se despediu. O doutor Livesey pediu ao fidalgo para me servir algo para jantar, pois mais tarde eu iria dormir em sua casa e não podia ficar de estômago vazio. Lorde Trelawney deu

A torta de pombo é um prato originário do sudoeste da Inglaterra. Não se sabe quando foi feita pela primeira vez. Há referências a ela em livros de receita do século XVIII, mas carne de carneiro e maçãs tem sido usadas como recheio alternativo. Também aparece na culinária norte-americana.

uma ordem e me trouxeram um enorme pedaço de torta de pombo[8]. Adoro torta de pombo! Comi com prazer. Além do mais, estava com muita fome. Em seguida, o doutor Livesey iniciou a conversa:

— Agora vejamos. Já ouviu falar de Flint, de quem o Capitão se dizia imediato?

— Se ouvi falar dele?! — exclamou o lorde. — Flint foi o pirata mais sanguinário que já existiu!

— Qual será a importância desses papéis? Será que ele tinha dinheiro? — continuou o doutor Livesey.

O nobre admirou-se:

— Dinheiro? Atrás do que esses crápulas andavam senão de dinheiro? O que importava a esses canalhas senão dinheiro? Esses cafajestes arriscavam as carcaças em busca de fortunas!

O doutor decidiu:

— Se Jim estiver de acordo, vamos abrir este pacote.

Concordei, é claro.

— Preciso fazer outra pergunta — continuou o doutor. — Que acontecerá se tivermos encontrado o mapa do tesouro de Flint?

— Eu tratarei de equipar um navio, o mais depressa possível — respondeu Trelawney. — Iremos atrás desse tesouro.

Era a resposta que o doutor esperava ouvir. O nó era muito forte. O doutor teve que usar suas tesouras cirúrgicas para cortá-lo. Dentro encontramos uma caderneta e um papel fechado com um lacre[9]. Começamos pela caderneta. Na primeira página, encontramos apenas alguns rabiscos, em meio dos quais se viam desenhos idênticos aos das tatuagens do Capitão. A maior parte dos traços, porém, era totalmente incompreensível.

— Nada de interessante, por enquanto — concluiu o doutor Livesey.

Nas dez ou doze páginas seguintes encontramos diversas tabelas: havia uma coluna

[9] Lacre é feito de cera. Após o derretimento, endurece rapidamente (em papel pergaminho e outros materiais). O lacre é usado para fechar um documento com segurança, pois é impossível quebrá-lo sem uma adulteração perceptível. Também era usado para garantir a identidade do remetente, por exemplo, com um emblema, e como decoração.

com datas do lado esquerdo e somas do lado direito, como num livro-caixa. No centro, entre uma coluna e outra, apenas cruzes que variavam de número. Mais raramente, havia também o nome de algum local com sua respectiva latitude e longitude.

Os apontamentos começavam vinte anos atrás e vinham até uma data relativamente próxima. Comparando-se os registros das primeiras páginas aos das últimas, notava-se que as somas se tornavam cada vez maiores.

— Este é o livro-caixa do pirata! — exclamou o fidalgo. — As cruzes identificam os navios afundados ou as cidades pilhadas. A soma é a parte do roubo que pertencia ao patife! Vejam, ele se apossou de enormes quantias!

Pelos números, o capitão Flint tinha uma fortuna incalculável!

O papel estava lacrado, como já disse. O doutor o abriu com muito cuidado.

Era o mapa da Ilha do Esqueleto! Havia latitude e longitude, nomes de baías, montes, sondagens de profundidade, pontos de atracação, enfim, todas indicações para encontrá-la e desembarcar com segurança! A ilha tinha nove milhas de largura e cinco de comprimento[10]. Possuía dois portos bem localizados e, além de outros picos menores, havia um central, mais alto, batizado de "Monte da Luneta" — pelo próprio Flint, provavelmente. O mapa parecia antigo, mas tinha indicações mais recentes. Principalmente três cruzes feitas com tinta vermelha: duas na parte norte e uma na sudoeste. Ao lado desta, com a mesma tinta, dizeres manuscritos, com a letra do próprio Flint, com certeza: "Aqui a maior parte do tesouro".

No verso do papel estava escrito:

Árvore alta nas colinas do Monte da Luneta, na parte Norte, e NL da Ilha do Esqueleto SL e a Leste. Dez passos. A barra de prata está escondida ao norte. Você pode encontrá-la na direção da colina ao leste, dez braçadas ao sul do penhasco negro, no qual se vê o desenho de uma face. As armas são fáceis de encontrar no monte de areia N. Apontando ao N da curva da baía na direção L e no quadrante N.

J.F.

[10] O tamanho da ilha seria correspondente a 14 km × 9 km, aproximadamente.

Era tudo. Por mais breves que fossem as indicações, o médico e o fidalgo ficaram muito contentes.

— Livesey — disse o fidalgo —, você está deixando de ser, neste momento, um médico sem grandes recursos financeiros. Até mesmo eu, que tenho uma boa situação, tenho certeza de que um tesouro de piratas é muito mais do que possuo. Quanto a Jim, nem se fala. Um tesouro mudaria completamente sua vida!

— É um sonho! — concordei.

— Além de tudo, caçar um tesouro é fascinante. Não vamos perder tempo. Amanhã irei a Bristol para comprar um navio no porto, que é bem movimentado. Em três semanas... Não, em duas... ou melhor, em dez dias, teremos o melhor barco e a mais seleta tripulação da Inglaterra. Serei o almirante do navio, porque tenho experiência em viagens. O doutor Livesey será o médico da tripulação. E você, Jim, grumete[11]! Será famoso, acredite! Eu, serei o almirante.

[11] Quem a bordo faz a limpeza e ajuda os marinheiros nos diferentes trabalhos. É um aprendiz.

Levaremos meus homens de confiança: Redruth, Joyce e Hunter. Tenho certeza de que encontraremos o tesouro. Teremos uma fortuna, suficiente para viver muito bem o resto de nossas vidas!

— Trelawney — disse o doutor, com ar de preocupação —, concordo em participar dessa aventura. Acho que o Jim também está de acordo. Tenho medo apenas de um homem.

— Quem é esse homem? Fale o nome desse cachorro! — exclamou o fidalgo.

— Você — respondeu o doutor. — Sei que não consegue segurar a língua dentro da boca. Nós três somos as únicas pessoas que conhecem esses papéis. Mas há um problema. Os bandidos que atacaram a estalagem também sabem da existência do tesouro, certamente. Querem esse mapa a todo custo! Será preciso tomar cuidado de agora em diante. Você deve levar Joyce e Hunter como companhia na ida a Bristol. Mas o mais importante é ficar de bico calado! Não contar a ninguém que temos o mapa do tesouro.

— Livesey — respondeu o fidalgo, um tanto ofendido —, está muito enganado a meu respeito. Ficarei mudo, silencioso como um túmulo.

O doutor me lançou um olhar preocupado. Pelo jeito, seria difícil o fidalgo manter segredo.

Parte 2

O COZINHEIRO DE BORDO

7
EU VOU A BRISTOL

Os preparativos demoraram mais do que imaginou o fidalgo. Em Bristol, ele teve dificuldades para encontrar o necessário para a viagem. Fiquei na casa do doutor Livesey, mas em seguida o próprio teve que viajar a Londres, em busca de outro médico que o substituísse no consultório durante sua ausência. Enquanto aguardava, fantasiei muito. Já me imaginava na ilha, subindo o Monte da Luneta. Temia monstros marinhos. Os perigos da travessia. Mas nunca imaginei tantos acontecimentos, como realmente ocorreram.

Assim, muitas semanas se passaram. Finalmente, chegou uma carta endereçada ao doutor Livesey com esta observação:

"Deve ser aberta, no caso de sua ausência, por Tom Redruth ou pelo jovem Hawkins". Eu mesmo a li, pois Redruth enxergava mal e tinha mais facilidade para letras impressas.

*Estalagem da Âncora Antiga, Bristol, 1º de março de 17_*

Caro Livesey:

Como não sei se já se encontra em casa ou se ainda está em Londres, envio-lhe esta carta, com cópia para esses dois lugares.

De acordo com o combinado, comprei o navio e também fiz os preparativos para a partida. Fico feliz em noticiar que ele já se encontra ancorado, pronto para a viagem. Você nunca imaginaria uma embarcação de duzentas toneladas mais simpática — até uma criança consegue navegá-la. Tem o nome de Hispaniola.

Encontrei-a através de meu amigo Blandly, que entendeu nossas necessidades e se revelou um grande parceiro!

— O doutor Livesey não vai gostar disso. Já percebi que o fidalgo, apesar das recomendações, andou falando demais — assustei-me.

— Ele tem o direito de dizer o que quiser! — respondeu Redruth, em defesa do patrão.

Diante da resposta brusca, eu não disse mais nada. Continuei a leitura:

Foi Blandly quem descobriu a Hispaniola e com extraordinária perícia comercial a comprou por uma pechincha. Muita gente em Bristol gosta de falar mal de Blandly, mas não deixei me abalar com os comentários negativos. Chegam a duvidar de sua honestidade! Afirmam que é capaz de tudo por dinheiro, que o navio lhe pertencia, e que o vendeu por uma fortuna absurda — calúnias mais que evidentes. Ninguém se atreve, contudo, a desdizer os méritos da embarcação. Até agora não houve problemas. Certo é que os operários e prestadores de serviço foram de uma lentidão aflitiva. Mas, finalmente, está tudo pronto! Foi a tripulação que me deu mais preocupações. Pretendia contratar uns vinte homens, para o caso de termos de enfrentar piratas. Inicialmente, tive um trabalho enorme para conseguir achar meia dúzia de marinheiros. Até que uma sorte espantosa me trouxe exatamente o homem de quem precisava. Nós nos conhecemos e começamos a conversar por acaso, nas docas. É um antigo homem do mar, que hoje é dono de uma taverna e de uma hospedaria. Estava dando seu passeio matinal, para respirar o ar marítimo. Segundo afirmou, viver em terra firme minou sua saúde. Seu sonho era ser empregado como cozinheiro em um navio. Fiquei tão comovido e tive tanta pena,

que naquele mesmo instante o engajei como cozinheiro de bordo, tal

como ele desejava. Chama-se Long John Silver. Perdeu uma das per-

nas, a serviço de nosso país, de acordo com o que me contou. Embora

merecesse, o reino não lhe concedeu nenhuma pensão de aposentado,

Livesey. Veja que injustiça!

Pensei que estava contratando apenas um cozinheiro, mas Sil-

ver conhecia todo e qualquer marinheiro de Bristol. Graças a ele, con-

segui a tripulação necessária! Em apenas alguns dias, com a ajuda

de Silver, engajei os marinheiros mais fortes e experimentados que se

possa imaginar. Long John Silver até dispensou dois dos que eu esco-

lhera anteriormente por considerá-los muito inexperientes para uma

aventura dessa importância.

Estou com ótima saúde e disposição, comendo feito um boi,

dormindo muito bem e ansioso pela presença de vocês. Permita que o

jovem Hawkins vá com Redruth despedir-se de sua mãe. Espero que

todos venham o mais rápido possível até Bristol.

John Trelawney

P.S.: Combinei com Blandly que, se até o final de agosto não

regressarmos, ele mandará um navio para nos resgatar. Ele também encontrou um ótimo oficial para o navio, chamado Arrow, cuja indi-cação Long John Silver também aprovou.

J.T.

P.P.S.: Hawkins poderá ficar uma noite com sua mãe.

Que entusiasmo ao ler a carta! Fui com Redruth até a Estalagem Almirante Benbow. Foi tão bom rever minha mãe, feliz e com boa saúde! Ela já tinha retomado a direção do estabelecimento. Lorde Trelawney havia providenciado para que tudo fosse consertado e arrumado. Havia até alguns móveis novos. Gostei muito de ver que, entre eles, chegara uma nova poltrona, bem confortável, para minha mãe. O fidalgo também havia encontrado um ajudante para ficar com mamãe enquanto eu estivesse fora. Ao ver aquele rapaz entendi, pela primeira vez, que ao viajar ficaria longe de meu lar. Chorei, pensando na separação.

No dia seguinte, após o jantar, despedi-me de mamãe e da enseada onde vivera desde meu nascimento. Redruth e eu pegamos de novo a estrada. Ao fazer a curva, virei meu rosto novamente e olhei meu lar mais uma vez, já com o coração apertado de saudade!

Tomamos dois lugares na carruagem de aluguel que saía da Estalagem Royal George. Viajei entre Redruth e um velhote magricela. Apesar do sacolejo do veículo, do ar frio e do incômodo, dormi pesadamente por montes e vales, parada após parada. Finalmente, Redruth me acordou com um cutucão nas costelas. Ao abrir os olhos, descobri que já estávamos em Bristol. O ponto final da carruagem era em frente a um grande prédio. Já amanhecera havia um bom tempo.

— Hora de descer da carruagem — disse Redruth.

Caminhamos até a estalagem onde Squire Trelawney se hospedara. Era perto das docas. No caminho, admirei tanto o cais como os navios de todos os tamanhos, países e tipos lá ancorados. Um marinheiro cantava. Outro trabalhava em um barco, dependurado nos cabos, muito acima de minha cabeça. Parecia uma grande teia de aranha. Embora sempre tivesse vivido à beira-mar, nunca estivera em um porto. Vi muitos homens do mar, de argolas nas orelhas, costeletas encaracoladas e tranças ensebadas. Tinham o andar cambaleante e desajeitado de todos os marinheiros, mais acostumados a se equilibrar em um navio do que em terra firme. Fiquei encantado!

Eu também estava indo para o mar! Ia embarcar em um navio com marinheiros que usavam tranças e brincos nas orelhas! Meu destino era uma ilha desconhecida onde encontraria um magnífico tesouro. Nunca tinha imaginado viver tantas aventuras! Ainda sonhava acordado quando chegamos a uma grande estalagem. Trelawney nos esperava, em um traje azul imponente. O fidalgo nos recebeu com um grande sorriso.

— Cá estão vocês! — exclamou. — O doutor já chegou de Londres ontem à noite. Bravo! Agora a tripulação está completa!

— Quando partiremos, senhor?

— Quando? — surpreendeu-se. — Oras, amanhã!

8
OS MEMBROS DA TRIPULAÇÃO

Após tomar o café da manhã, Squire Trelawney me pediu para levar uma mensagem a Long John Silver, cozinheiro do navio. Explicou que seria fácil encontrá-lo. Era só procurar, ao longo do cais, uma pequena hospedaria, onde havia uma placa com o desenho de uma luneta. Caminhei entusiasmado por ver mais navios e marinheiros. Passei por muita gente, por carros e fardos, na hora mais movimentada do porto, examinando com atenção as placas ao longo do cais. Finalmente, encontrei a hospedaria. Na parte da frente, havia uma taverna.[12]

[12] Estabelecimento que vende bebidas alcoólicas; taberna. Restaurante pequeno cujas refeições são baratas; tasca.

Era pequena, mas bastante elegante. A tabuleta fora recentemente pintada. As janelas tinham cortinas vermelhas muito limpas. O assoalho fora bem esfregado com areia. Ficava entre duas ruas, com uma porta de cada lado, que davam para um salão com mesas, onde se sentavam os frequentadores. Os clientes eram, na maioria, marinheiros. Falavam alto. Parei na porta, observando o movimento. Um homem veio de dentro. Certamente era Long John. Sua perna esquerda fora amputada logo abaixo do quadril. Em seu lugar, havia uma perna de pau. Usava uma muleta, que movia com muita destreza. Era alto e forte, o rosto grande, pálido, porém expressivo. Parecia muito bem-disposto. Assobiava ao deslocar-se entre as mesas. Confesso: quando o nome Long John foi mencionado na carta do fidalgo, pela primeira vez, temi se tratar do mesmo pirata de perna de pau que tanto preocupava o falecido Capitão. Eu já conhecera muitos piratas: o próprio Capitão, Pew, Cão Bravo... Todos eram muito diferentes desse homem bem-humorado! Baseado em minha experiência prévia, conclui que Long John não podia ser um bandido.

Apresentei-me. Quando ele viu a mensagem do fidalgo, reagiu como se recebesse uma joia.

— Você deve ser o jovem grumete! Que bom conhecê-lo! — disse ele.

E me deu um forte aperto de mão.

Nesse instante, um dos clientes sentados no fundo do salão levantou-se rapidamente e saiu correndo. Sua pressa chamou minha atenção e o reconheci imediatamente. Assustado, gritei:

— Detenha aquele homem! É Cão Bravo!

— Não me importa quem ele seja, mas fugiu sem pagar a conta — gritou Silver. — Harry, corra atrás dele!

Curioso, perguntou:

— Quem você disse que ele era? Cão... o quê?

— Cão Bravo! Trelawney não contou a história dos piratas que atacaram a mim e minha mãe? Aquele homem é um deles.

Silver rosnou:

— No meu estabelecimento!

Exigiu que outro funcionário também corresse atrás de Cão Bravo. Interpelou outro de seus ajudantes:

— Era você que estava bebendo com ele, Morgan? Venha cá!

Morgan avançou receoso. Pela aparência, certamente se tratava de um marinheiro, grisalho, de rosto queimado do sol. Silver perguntou, muito enérgico:

— Já tinha visto esse Cão... Cão Bravo antes?

Morgan fez uma continência e respondeu:

— Eu não, senhor!

— Sabia o nome dele?

— Não, de jeito nenhum!

— Sorte sua, Tom Morgan! — disse Silver — Se fosse amigo desse tipo de gente, garanto que não poria os pés aqui novamente. Sobre o que conversavam?

O homem respondeu que não era sobre nada de especial.

— A gente só estava jogando conversa fora — explicou.

Long John aceitou a explicação. Mais tarde me disse que Morgan era um bom homem, mas não muito esperto. E me elogiou:

— Você sim! É jovem, mas muito esperto. Logo percebi! Sei que posso conversar com você de homem para homem.

Todas as minhas suspeitas haviam se erguido mais uma vez, ao ver Cão Bravo na taberna. Observei o cozinheiro com toda a atenção. Mas ele parecia inocente! Quando os dois homens que perseguiam Cão Bravo voltaram, nem conseguiam respirar. Segundo explicaram, haviam perdido a pista do pirata no meio da multidão. Long John os repreendeu severamente. Diante disso, tive certeza de sua inocência.

— É preciso contar esse incidente a nosso benfeitor, Squire Trelawney — disse ele.

Voltamos juntos. No breve percurso pelo cais, mostrou-se a mais interessante das companhias. Contou-me tudo sobre os navios por que passávamos. Seus mecanismos, a tonelagem.

Identificou as bandeiras de diferentes países. Explicou-me as etapas do trabalho, mostrando um navio descarregando, outro carregando, um terceiro pronto para zarpar. Vez ou outra contava uma piada sobre barcos ou marujos. Cheguei à conclusão de que seria um ótimo companheiro de viagem!

Na estalagem, Long John contou o que acontecera ao fidalgo e ao doutor Livesey. Não omitiu nenhum detalhe.

— Foi assim, não foi, Jim? — perguntava de vez em quando.

Todos lamentaram que Cão Bravo tivesse escapado. Mas não havia nada a fazer. Após ser elogiado por sua atitude, Silver partiu, deixando uma ótima impressão.

— Parabéns, meu amigo — observou o doutor Livesey. — Não costumo ter muita fé nas suas descobertas. Mas uma coisa lhe digo... Long John Silver é dos meus.

— Um verdadeiro trunfo — declarou o aristocrata.

Em seguida, ambos resolveram inspecionar o navio.

— Jim pode vir a bordo conosco, não pode? — indagou o médico.

— Claro que sim — respondeu o Trelawney. — Vamos todos ver o barco!

Passamos todo o resto do dia inspecionando o navio, que era incrível! Mal conseguia esperar pelo início da viagem.

9
PÓLVORA E ARMAS

Na manhã seguinte, fomos definitivamente para o *Hispaniola*. Íamos zarpar!

Nosso oficial, Arrow, nos esperava. Era um velho marujo estrábico, de brincos em ambas as orelhas. Obviamente, ele e Trelawney se entendiam muito bem. Mas com o comandante, Smollett, acontecia exatamente o contrário. Ele e Arrow mal se olhavam. Smollett parecia insatisfeito.

Assim que fomos para a cabine principal, pude saber por quê. Um marinheiro veio até a porta e avisou:

— O capitão Smollett deseja falar com os senhores — disse um marinheiro na soleira.

— Diga para entrar — respondeu Trelawney.

Smollett vinha logo atrás do homem. Entrou e fechou a porta.

— O melhor é ser franco, mesmo sob o risco de ofendê-lo. — disse ele. — Tenho restrições a esta viagem. Não gosto de ignorar o percurso, tampouco gosto dos marinheiros, nem de Arrow, o meu oficial.

— Tenho a impressão de que não gosta do navio, também — respondeu o fidalgo, zangado.

— Sobre as qualidades ou defeitos do navio, não posso dizer uma palavra antes de experimentá-lo. Mas tenho ótima impressão, pois ele parece ligeiro.

Trelawney quis saber:

— E de mim, que lhe dei o emprego? Qual sua impressão? Também o desagrado?

Antes que o capitão respondesse, o doutor Livesey advertiu:

— Esta conversa não leva a nada. Só causa mal-estar.

Dirigiu-se a Smollett:

— Disse que o cruzeiro não o agrada. Por quê?

— Fui contratado na base de instruções secretas, para conduzir esta embarcação sem saber o destino final. Para onde ele me indicasse ao longo da viagem — respondeu o capitão, mostrando o fidalgo.

— Qual o problema? — perguntou o doutor. — É contra instruções secretas?

— De jeito nenhum. Até aí tudo bem — disse Smollett. — Mas agora descobri que a maior parte dos tripulantes sabe muito mais que eu! Isso não é justo!

— Não — concordou o doutor Livesey. — Certamente não.

— A tripulação me garantiu que vamos procurar um tesouro — continuou o capitão. — Tesouros despertam ambição. Não gosto desse tipo de expedição. Seja a que propósito for. Principalmente, se o destino for secreto! Ainda mais, quando o segredo já foi contado até ao papagaio.

— Ao papagaio do Silver? — estranhou o fidalgo.

— Foi apenas uma maneira de falar — rebateu o capitão. — Quis dizer que há muito falatório a respeito de nossa viagem. É preciso ter cuidado. Trata-se de uma questão de vida ou de morte.

— É evidente que há riscos — respondeu o doutor Livesey. — Mas não somos tão ingênuos como pensa.

Olhou fixamente para Smollett e continuou:

— Disse também que não gosta da tripulação. Por quê? Não são bons marinheiros?

— Penso que eu, como capitão do navio, devia ter escolhido meus comandados. — explicou Smollett.

O doutor assentiu com a cabeça:

— Como capitão, talvez meu amigo agisse melhor se o tivesse convidado para contratar a tripulação em conjunto com ele. Mas essa falta, se houve, foi involuntária.

Smollett nada respondeu. O doutor continuou:

— Antipatiza com Arrow?

— Não é simples antipatia. Dá confiança demais aos homens para ser um bom oficial. Um imediato deve ser reservado... e não confraternizar demais com o pessoal do convés, que está sob sua autoridade. Ele exagera na familiaridade.

— Bem, capitão, diga o que pretende com essa conversa — insistiu o doutor.

— Estão realmente resolvidos a fazer a viagem?

— Mais do que nunca — respondeu o fidalgo, de queixo erguido.

— Há um problema a ser resolvido — atalhou o capitão. — Os marinheiros entraram no navio com armas e pólvora. É errado permanecerem em sua posse. O correto é guardá-las aqui, próximo ao camarote do almirante. Há um pequeno paiol, onde poderemos deixá-las seguras. Eu insisto.

Fez uma pausa e continuou:

— Nesta viagem há quatro pessoas de sua confiança. Pelo que sei, o rapaz e Redruth serão alojados na proa. Por que não colocá-los para dormir aqui, no camarote, para permanecerem todos juntos?

O doutor concordou com a cabeça.

— Parece uma boa ideia.

O capitão foi além:

— Também há outro assunto a ser considerado. Sei que vocês têm um mapa de uma ilha, onde supostamente se encontra esse tesouro.

Para nossa surpresa, mencionou a latitude e a longitude exatas da ilha.

— Eu nunca dei esses detalhes a ninguém — gemeu Trelawney.

— Todos os homens que estão neste navio já sabem — rebateu Smollett.

— Livesey, deve ter sido você ou Jim — exclamou o fidalgo.

— Não interessa quem foi — reagiu o doutor, mal-humorado.

Apesar do mal-estar, o capitão continuou:

— Eu mesmo, nada sei a respeito do mapa. Peço para que ele não seja dado nem a mim, nem a Arrow, nem a qualquer outro membro da tripulação. Mas mantido em um lugar secreto. Disso depende nossa segurança. Caso contrário, quero ser dispensado de minhas funções.

— Vejo que o senhor teme uma rebelião — concluiu o doutor.

— Com todo o respeito, peço que não ponha palavras na minha boca. Nenhum capitão se arriscaria a zarpar, se acreditasse na possibilidade de um motim. Só quis deixar claro o que penso. É minha responsabilidade zelar pela segurança e pela vida de todos. No momento, vejo coisas que não me agradam. É melhor tomar certas precauções. Quando entrei aqui, me arriscava a ser demitido. Nem acreditava que me ouviriam até o fim.

— Terminou? — quis saber o fidalgo. — Espero que sim, pois não quero ouvir mais nenhuma palavra! Vou fazer o que me pediu, mas saiba que perdeu muitos pontos comigo!

— Agora, com sua permissão — disse o capitão calmamente —, vou cuidar do meu trabalho.

Assim que ele saiu da cabine, lorde Trelawney comentou, irritado:

— Se não estivéssemos para zarpar, esse homem iria para o olho da rua!

O doutor Livesey discordou.

— Gosto de franqueza. Com certeza, há dois homens honestos no navio: Long John Silver e esse capitão.

O fidalgo não concordou: estava furioso com as palavras de Smollett. Mesmo assim, resolveu aceitar suas instruções.

Imediatamente, os marinheiros trataram de transportar a pólvora para a cabine. Também resolvemos ficar juntos, o que me agradou muito. Originalmente, o capitão, Arrow, Hunter, Joyce, o doutor e Squire Trelawney dormiriam na cabine. Mas eu não. Com a nova disposição, minha cama e a de Redruth foram para lá. Em compensação, o capitão e Arrow ficariam no tombadilho[13].

Neste momento, Long John chegou no navio. Estranhou muito o movimento dos marujos. Indagou:

— Que está acontecendo?

— Estamos levando a pólvora para outro lugar, onde ficará armazenada — foi a resposta que recebeu de um marinheiro.

[13] Estrutura construída em madeira ou metal, que vai de um lado ao outro na proa do navio.

— Mas por quê? Desse jeito perderemos a maré adequada — observou Silver.

— São ordens minhas — falou o capitão, de maneira breve, porém incisiva. — Desça logo para a cozinha. O jantar não pode atrasar!

— Esse cozinheiro sim é um bom homem — disse o doutor para o capitão.

— Eu confio desconfiando — respondeu o capitão.

Virou a cabeça e me descobriu admirando o movimento, fascinado por tudo que se referia ao navio. Gritou:

— Você, grumete! Vá com o cozinheiro e veja se ele precisa de ajuda!

Saí em disparada, mas ainda consegui ouvi-lo dizer para o doutor:

— Não tenho protegidos em meu navio.

Eu e o fidalgo tínhamos a mesma opinião: aquele homem era insuportável!

10
O INÍCIO DA VIAGEM

Durante toda a noite, estivemos ocupados arrumando as coisas em seus lugares. Também recebemos visitas: os amigos do fidalgo vieram nos desejar boa viagem e um retorno seguro.

Nunca trabalhei tanto na estalagem de meu pai! Estava morto de cansaço quando, pouco antes do nascer do dia, o contramestre[14] apitou. A tripulação moveu o eixo onde se enrolava o cabo da âncora, para subi-la. Mesmo exausto, não abandonei o convés. Tudo era novo e interessante! As instruções do capitão, os sons, os homens alvoroçados e o reflexo no mar das lanternas do navio. Durante o tumulto, Long John começou a cantar. Tive um arrepio. Era a mesma canção que o finado Capitão entoava na estalagem de meu pai! Apesar da euforia do momento, meus pensamentos voltaram ao passado. Lembrei dos tempos do Capitão na estalagem e tremi pensando nos piratas que nos atacaram.

Assim que a âncora foi levantada, os marinheiros ergueram as velas. O navio e a terra começaram a se separar! O *Hispaniola* iniciou sua cruzada para a Ilha do Tesouro.

Não vou relatar a viagem em detalhes. Ela foi razoavelmente bem-sucedida. O navio provou ser excelente. A tripulação, capaz. O capitão conhecia seu trabalho perfeitamente. Mas, antes da chegada à Ilha do Tesouro, ocorreram alguns fatos que merecem ser destacados.

Em primeiro lugar, Arrow era péssimo profissional, como Smollett, o capitão, previra. Não exercia nenhum comando sobre os homens. Não tinha autoridade sobre os marinheiros. Após dois ou três dias de viagem, já apareceu no convés de olhos baixos, bochechas vermelhas, língua enrolada, cambaleante. Exato! Bêbado. Desse dia em diante, não parou de se embriagar. Às vezes caía e se machucava. Outras, passava o dia todo deitado. Tentamos fazer com que parasse, não lhe fornecendo mais bebida, mesmo que pedisse. Inútil. Continuou a aparecer cambaleante. Não sabíamos quem lhe fornecia o álcool. Quando tentávamos descobrir, se estivesse bêbado, ria de nós. Se não, garantia que nunca bebera nada além de água. Como oficial, era inútil e também um péssimo exemplo para os marinheiros. Ninguém ficou surpreso quando, em uma noite sombria, com o mar bravo, ele desapareceu. Nunca mais foi visto. Pobre homem! Certamente, caiu no mar.

Com isso, foi preciso promover um dos marinheiros. O escolhido foi Job Anderson, o contramestre — considerado o tripulante mais capacitado para assumir o cargo. Além de se manter como contramestre, acumulou as funções de oficial. O fidalgo Trelawney tinha experiência em navegação, já viajara ao redor do mundo e seus conhecimentos também foram muito úteis. O timoneiro, Israel Hands, era bastante cauteloso. Experiente, sabia manejar o navio. Mais ainda: era de total confiança de Long John Silver.

A bordo, Churrascão, como nosso cozinheiro era chamado por todos, mostrava-se muito eficiente. Movia-se com segurança pelo navio, sem oscilar, mais ágil que todos, apesar da perna de pau. O timoneiro parecia conhecê-lo bem e me falou muito sobre ele.

— Churrascão não é um homem comum. É estudado e pode falar *chique* se quiser. Também é valente como um leão. Eu mesmo vi: em uma briga, deu conta de quatro de uma vez.

Toda a tripulação o respeitava e obedecia. Silver tinha uma forma especial de falar com cada um. Comigo, era especialmente gentil. Gostava muito de me chamar para ajudá-lo na cozinha. Mantinha o lugar muito limpo, com as louças dependuradas e sempre bem polidas. Seu papagaio, Capitão Flint, ficava em um poleiro no canto. O pássaro vivia repetindo o bordão "Moedas de prata! Moedas de prata!".

— Ele aprendeu a falar assim porque deve ter estado em muitos resgates de navios naufragados — explicou-me Long John.

"Alerta máximo pro butim!" era outra frase que ele gostava de gritar. Nem eu, nem o fidalgo, nem o doutor gostávamos de ouvir o papagaio falar em butim, que é o produto de roubo ou pilhagem. Ou, como explicou o fidalgo, os bens materiais que se tomam do inimigo após uma batalha ou guerra. Se o papagaio dizia "butim", era por ter presenciado situações de violência. Provavelmente, ataques piratas.

— Papagaios vivem muito — disse Long John. — Eu o peguei já com certa idade. Não sabemos onde esteve antes.

Todos nós ficamos satisfeitos com a explicação.

A tripulação era muito bem-tratada: havia grog[15] se alguém fizesse aniversário. Ou se superássemos uma tempestade ou qualquer outra situação difícil. Havia sempre um barril com maçãs, para que os marinheiros se servissem à vontade.

Na última noite antes de chegarmos à ilha, após o meu dia de serviço, resolvi pegar uma fruta. O barril estava quase vazio. Mas vi algumas maçãs no fundo. Entrei nele, e sentei-me confortavelmente, para comer minha maçã. Com o cansaço somado ao ruído tranquilo das ondas batendo no navio, acabei cochilando. De repente, alguém deu um encontrão no barril, que estremeceu. Acordei. Já ia pular para fora quando o homem começou a falar. Era a voz de Silver. E o que ouvi foi terrível. Apesar do medo, me mantive em silêncio. A vida de todo homem honesto no navio, a partir daquele momento, passou a depender só de mim.

[15] Bebida feita com rum e cerveja, ou, mais tarde, com rum, suco de limão ou lima, canela e açúcar. Era uma forma de diluir a quantidade de álcool dada aos marinheiros. O uso do limão visava incluir vitamina C na bebida, muito importante em viagens longas.

11
NO BARRIL DE MAÇÃS

— Não, eu não — dizia Silver. — Flint é quem era o capitão. Eu fui apenas seu contramestre. Perdi minha perna na mesma batalha em que Pew foi ferido nos olhos. Quem nos feriu foram os homens do capitão Robert, que navegavam no navio batizado de *Royal Fortune*. Assim foi com o *Cassandra*, tomado pelos homens do *Royal*. Assim foi também com o velho *Walrus*, antigo navio do Flint. Ali houve muita violência, muito sangue. Mas o *Walrus*, sim, conseguiu escapar. Apesar do peso. Quase naufragou, tão grande era sua carga de ouro!

Dentro do barril, eu nem me mexia, imóvel de medo e surpresa. Não queria acreditar em tudo que estava ouvindo.

— Flint era o melhor de todos — exclamou um segundo homem.

Pela voz, reconheci se tratar do marinheiro mais jovem da tripulação, Dick. Silver continuou:

— Sempre fui ao mar a bordo do navio de Flint, toda minha vida. É a primeira vez que vou por minha conta e risco. Com o Flint ganhei duas mil libras. Uma boa soma para um marinheiro comum... Poupei tudo. Está guardado no banco.

Percebi que o cozinheiro se achava muito esperto. Para meu horror, a conversa continuou e tudo foi ficando mais claro.

— Flint não vive mais entre nós. Mas a maioria de seus homens está aqui a bordo — Silver se animou.

— Todos muito felizes por comerem pudim! — brincou o outro.

Silver concordou:

— Alguns deles estavam pedindo esmola, até essa viagem aparecer!

— Ouvi falar que Pew sofreu muito nos últimos anos — disse Dick.

— Ganhou muito dinheiro, mas gastou como um lorde! Nos últimos dois anos, estava morrendo de fome! Pedia dinheiro na rua. Até roubava para se sustentar.

— Moedas de ouro não resolvem a vida de ninguém se a pessoa não tiver cabeça.

— Veja bem, você é jovem, mas é muito esperto — disse Silver. — Percebi quando nos vimos pela primeira vez. Sei que posso conversar com você de homem para homem.

Eu me senti um idiota ao ouvir aquilo. Ele me fizera um elogio semelhante quando nos conhecemos! Devia elogiar todo mundo, para parecer simpático. Que raiva!

A conversa continuou. Apurei os ouvidos. Silver falava e falava:

— A maioria esbanja tudo que ganha, na boa vida. Depois torna a embarcar só com a camisa do corpo. Comigo não é assim. Guardo tudo. Deposito um pouco aqui, um pouco ali. Nunca grandes somas em um banco só, para não levantar suspeitas.

Refletiu:

— Já passei dos 50 anos. Ao voltar desta viagem, vou me instalar de vez como um homem de bem, viver no luxo! Nos últimos tempos levei uma vida regalada, nunca me privei de nada. Durmo no macio e como do melhor, menos a bordo. E por onde comecei? Como um simples marinheiro, como você.

— Pretende voltar a Bristol depois desta viagem?

— Por que pergunta? — disse incisivamente Silver.

— Em Bristol há muitos bancos. Você tem *grana* e imóveis — avaliou o rapaz.

— Meus imóveis já estão sendo vendidos — disse o cozinheiro. — Minha mulher já deve ter ajeitado tudo. Antes mesmo de nossa partida, já estava negociando a Taberna da Luneta. Por um ótimo preço! Ela só está esperando meu sinal. Vai me encontrar mais tarde, onde eu disser. Mas ouça, se estou contando tudo isso é porque confio em você. Tenho minha maneira de agir, e os marinheiros que já me conhecem confiam em mim. Sou durão. Até Flint me temia, fique sabendo. Eu tenho facilidade para fazer amigos e acredito que você se tornou um deles, de agora em diante.

— Agora também faço parte do esquema, não é? — indagou o jovem.

— Você é valente, rapaz! Esperto! Tem sorte! — respondeu Silver — É claro que já faz parte dos meus planos. Junte-se a nós e sairá rico daqui. Já sei que também é um cavaleiro da fortuna!

Rapidamente, entendi o significado da conversa. Por "cavalheiro da fortuna" ele estava querendo dizer nada mais e nada menos que pirata. As palavras que eu acabara de ouvir eram um ato de corrupção. Silver era um pirata, pretendia nos atacar e, simplesmente, estava convencendo o jovem marinheiro a passar para seu lado.

Pensei que a conversa havia terminado. Engano meu. Long John assobiou. Ouvi quando um terceiro homem se aproximou.

— Este é o Dick, que vai se juntar a nós — disse Silver.

Era o timoneiro, Israel Hand, que disse:

— Eu já conhecia o Dick! Sei que não é bobo, rapaz. Seja bem-vindo a nosso grupo.

Meu coração subiu na boca, quando ele continuou:

— Só estou querendo saber, Churrascão... quando tomaremos este barquinho? Já estou farto desse capitão Smollett. Ele me atazana demais, por mil trovões! Quero sair do tombadilho e ir para o camarote. Tenho direito às comidas boas e aos vinhos.

Silver ponderou:

— Israel, sua cabeça não é muito boa. Nunca foi. Tem que esperar minha ordem, como combinado. Ouça bem. Você vai ser promovido e terá um bom cargo, na hora certa. Mas por enquanto tem que trabalhar duro, falar manso e se manter tranquilo. Precisa confiar em mim.

— Eu não disse nada contra isso — grunhiu o timoneiro.

— Mas quero saber quando...

— Quando? Raios o partam por fazer tal pergunta — gritou Silver. — Eu vou lhe dizer quando. O máximo que eu puder postergar. Temos um capitão excelente, mas honesto. Vou deixar Smollett conduzir este navio para nós! Squire Trelawney e o doutor estão com o mapa. Você não sabe onde ele está escondido, ou sabe? Óbvio que não sabe. Então eu lhe digo: devemos deixar o nobre cavalheiro e o doutor encontrarem o tesouro tranquilamente. Vamos até colocá-lo a bordo, sem demonstrar nossas intenções. Deixarei o capitão Smollett nos levar até metade do caminho de volta. Só aí pretendo tomar o navio.

— Mas por quê? — perguntou o jovem Dick. — Somos todos bons marinheiros!

— Nós podemos manter o curso. Mas quem sabe determiná-lo? Nem eu, nem nenhum de vocês. É preciso entender de cartas náuticas! Vamos deixar o capitão Smollett nos levar de volta, tranquilamente, para não termos nenhum erro de percurso. Além do mais, Hands, conheço bem esses marujos. Hoje estão comigo. Amanhã seriam bem capazes de iniciar um motim e tomar o navio de mim. Eu terminaria abandonado numa ilha deserta. Seria louco se facilitasse as coisas pra vocês.

— Calma, Long John — Israel disse, com voz alterada. — Ninguém vai contrariar suas ordens.

— Saiba que é graças a mim que todos vão se dar bem. Quantos navios acha que já vi aprisionados? Quantos moços espertos indo para a forca? — rosnou Silver. — Todos por terem pressa e mais pressa. Fui testemunha de tudo que é possível acontecer no mar. Passei por situações bem difíceis. Sei planejar. O capitão Smollett tem muito valor, sabe manter a rota. Merece andar de carruagem. Temos que ser cautelosos e só tomar o navio quando estivermos seguros. Mas vocês querem tudo agora, sem pensar no amanhã!

— Todos sabem o tipo de homem que você é, John. Está sendo exigente demais. Só gostamos de nos divertir um pouco, mas todos somos bons piratas — disse o timoneiro.

— Eu sei o que digo quando falo para pensar no futuro — insistiu Silver. — Pew chegou a mendigar nas ruas, agora mesmo estava falando sobre isso. O próprio Flint, que foi o maior dos piratas, morreu bêbado em Savannah.

— Que vamos fazer com nossos chefes? — perguntou Dick.

— Isso é o que eu chamo de objetividade — entusiasmou-se o cozinheiro. — Bem, o que você pensa? Seria o caso de abandoná-los na ilha, à própria sorte? Ou cortá-los em pedaços como porcos? Essa teria sido a forma predileta de Flint ou Billy Bones.

— Billy teria sido ótimo para resolver isso — disse Hands. — Mas, lamentavelmente, não podemos contar com ele. Soube que passou desta para melhor.

Silver disse, para meu horror:

— Já tenho meu veredicto: morte para todos! Só peço calma! A hora certa chegará, e vamos nos dar bem!

— John, você é uma figura! — riu o timoneiro.

— Eu só peço uma coisa — falou Silver. — Quero pessoalmente dar cabo do fidalgo. É um homem irritante! Vou arrancar aquela cabeça de vitela com minhas próprias mãos!

Em seguida, pediu:

— Dick, será que você poderia ser gentil e pegar uma maçã para mim? Minha garganta está seca!

Fiquei aterrorizado! Queria ter me levantado e corrido, mas não tive coragem. Nem forças. De tanto pavor, minhas pernas não obedeciam a meus pensamentos. Ouvi quando Dick se levantou. Mas foi interrompido por Hands:

— Ei, deixa a maçã pra lá. Não seja pão-duro, John. Vamos brindar este momento com um pouco de rum.

Silver concordou e pediu ao jovem marinheiro:

— Na cozinha tenho um barril, que está trancado no armário. Esta é a chave, Dick. Vá até lá, encha uma caneca e traga até aqui!

Foi fácil chegar à conclusão: era assim que Arrow recebia a bebida que acabou por destruí-lo.

Dick se foi. Durante sua ausência, Hands falou diretamente no ouvido do cozinheiro. Só entendi uma palavra ou duas, mas pude deduzir que ainda havia alguns homens honestos, que não participariam do motim. Quando Dick voltou, eles pegaram a caneca e beberam.

— Um brinde ao velho Flint! — exclamou o timoneiro.

Silver comemorou:

— Somos homens de muita sorte!

Uma claridade surgiu sobre o barril. Olhei para cima. Era a lua cheia, que surgira detrás das nuvens. Neste mesmo instante, alguém gritou:

— Terra à vista!

12
CONSELHO DE GUERRA

A tripulação correu para o convés, alvoroçada, assim como o capitão, o fidalgo e o doutor. Com a confusão, foi fácil sair do barril sem ser notado. Fiquei ao lado do doutor Livesey. Todos se deram as mãos. O nevoeiro se dissipou quando a lua surgiu. A sudeste, vimos dois picos. Mais adiante, um terceiro, muito alto, cujo topo estava imerso na neblina.

Ainda não tinha me recuperado totalmente do estado de terror de alguns minutos antes. Mesmo assim, avistar a ilha pela primeira vez fez meu coração bater mais forte. Eram muitas emoções de uma só vez! Ouvi a voz de Smollett:

— E agora, homens! Algum de vocês já esteve nessa terra aí à frente?

— Eu já — disse Silver.

Acrescentou que a ancoragem pelo sul seria mais fácil.

— Essa ilha era chamada de Ilha do Esqueleto, pois antigamente era tomada por piratas. O primeiro cume era chamado de Monte da Proa, e o mais alto de Monte da Luneta. De lá, os piratas observavam quem se aproximava da ilha para depois atacar e saquear. Há um rio que percorre a ilha em direção ao norte, capitão.

— Pegue este mapa náutico e veja se corresponde a este lugar — pediu Smollett.

Os olhos de Silver se incendiaram com a possibilidade de pegar o mapa nas próprias mãos. Percebi seu desapontamento quando não viu as cruzes que indicariam o local do tesouro. Era só uma cópia do que eu encontrara no baú de Billy Bones.

— Sim, é — disse Silver. — Estou admirado por ver como esse mapa está bem desenhado! Inclusive diz que o porto se chama Capitão Kidd[16]: é como meu antigo capitão chamava o lugar!

[16] Stevenson aqui se influenciou por Edgar Allan Poe, que, no seu conto O Escaravelho de Ouro, se refere a um tesouro do Capitão Kidd (nota do tradutor e adaptador).

— Agradeço muito, cozinheiro — disse o capitão. — Eu pedirei informações novamente, se tiver mais dúvidas.

Fiquei admirado com Silver. Não só conhecia o lugar como declarava isso oficialmente. Aproximou-se e pôs a mão no meu ombro. Senti um calafrio. Já conhecia sua ganância, falsidade, crueldade. Mas ele não tinha ideia do que eu ouvira no barril de maçãs e se comportou amigavelmente, o que me assustava ainda mais.

— Esse é um ótimo lugar para um jovem como você tomar banho de mar, subir em árvores e caçar cabras selvagens — disse ele. — Quando quiser passear na ilha, me avise. Farei um lanche bem gostoso para você levar.

Dando tapinhas em minhas costas, afastou-se para comemorar com os marujos.

O capitão, o doutor Livesey e o lorde estavam conversando. Esperei, não queria interrompê-los e correr o risco de algum dos marinheiros desconfiar que eu sabia de algo. Dali a pouco o doutor acenou para mim. Foi a chance que eu esperava. Eu me aproximei e, bem baixinho, disse que tinha urgência em conversar com os três na cabine. As notícias que tinha eram terríveis, frisei. O doutor disfarçou o impacto causado por minhas palavras. Esperamos o brinde pelo sucesso da viagem, proposto pelo capitão. Depois outro, puxado por Long John. E mais um terceiro, um quarto... a tripulação estava muito alegre! Mas, quando poucos minutos depois desci disfarçadamente para a cabine, os três já estavam lá, com vinho e passas. O doutor aguardava com sua peruca no colo, o que eu sabia ser sinal de grande agitação interior.

Eu lhes contei, então, tudo que ouvira do barril de maçãs, da maneira mais breve possível.

— Jim, sente-se — disse o doutor.

Os três elogiaram minha sorte e coragem.

— Capitão, você estava certo. E eu errado — lamentou-se o fidalgo. — Fui um idiota por não ter levado a sério suas desconfianças. Vamos ter que desistir de tudo!

O doutor rebateu, muito sério.

— Não é bem assim. Em primeiro lugar, é preciso continuar nossa viagem. Se der qualquer ordem contrária, imediatamente eles iniciarão um motim! Em segundo, ainda temos algum tempo. Pelo menos até o tesouro ser encontrado. Finalmente, também temos alguns companheiros do nosso lado. O importante é que agora sabemos de tudo. Temos de nos preparar para o ataque desses bandidos. Trelawney, podemos contar com os homens que já eram seus funcionários? Os que trouxe pessoalmente?

— Tanto quanto comigo — disse o fidalgo.

— Três. Somos, ao todo, sete — refletiu o capitão. — Agora não nos resta muito a fazer. Por enquanto, devemos fingir que está tudo bem e que não temos ideia do plano deles.

O doutor disse, muito sério:

— Jim, você pode ajudar mais do que todos nós. Os homens não suspeitam que você sabe de alguma coisa. Sua função é levar as ordens de um canto ao outro. Pode andar pelo navio à vontade, e saber das novidades antes que qualquer um de nós — disse o doutor.

Eu me senti inseguro e indefeso. Tinha medo daqueles piratas. Ainda mais se descobrissem que eu os espionava! Mas nossa segurança vinha em primeiro lugar. Devíamos pensar em como nos proteger. Para isso, quanto mais soubéssemos, melhor! Era incrível que, de vinte e seis homens, só pudéssemos contar com sete. Sendo que um era eu, apenas um garoto!

Parte 3

AVENTURAS EM TERRA

13
A ILHA

Na manhã seguinte, pude observar melhor a ilha. Bosques acinzentados cobriam grande parte de sua superfície. Esse tom era quebrado por um amarelo pálido de areia nas terras baixas. O verde dos pinheiros coloria aqui e ali. Mas a aparência geral era uniforme e triste. Havíamos velejado bastante durante a noite. O Monte da Luneta tinha um desenho peculiar. Irregular nas encostas, seu pico era cortado como um pedestal, onde se poderia colocar uma estátua. A tripulação estava bem alvoroçada. O próprio navio estava rangendo, gemendo e pulando. Vi o mundo girar diante de meus olhos. Tive que me segurar forte no estai[17]. Mesmo acostumado ao

[17] Cabo que segura o mastro principal.

balanço do navio, naquele dia fiquei muito mareado. Talvez fosse pelo estômago vazio...

Agora não havia sequer uma brisa. Estávamos parados, a cerca de meia milha a sudeste da Costa Oriental, que era baixa. Long John ficou ao lado do leme e orientou o navio. Tornou-se óbvio que conhecia o lugar como a palma da mão. De fato, mostrou como a experiência prática é melhor do que a pura teoria nessas horas. Segundo afirmou, havia uma forte corrente na maré baixa que abriria uma passagem para o navio.

Com o barulho de nossa âncora caindo no mar, uma nuvem de pássaros saiu de cima das árvores, voando e gritando. Menos de um minuto depois, eles voltaram a pousar. Novamente, estávamos em silêncio. O ar não se movia. O único som era o ruído das ondas quebrando na praia e contra as pedras. Um cheiro peculiar de coisa estagnada, de folhas molhadas e de troncos podres se espalhava pelo ar.

Aquela visão melancólica da ilha, juntamente com a imagem dos pássaros gritando sobre o navio, me encheram de presságios com relação à Ilha do Tesouro. Eu não gostava daquele lugar!

Vi o doutor fungando e fazendo cara feia como se tivesse sentido cheiro de ovo estragado.

— Não tenho certeza se encontraremos um tesouro por aqui — ele disse —, mas aposto minha peruca que este é um lugar insalubre, cheio de doenças e febres.

Os homens estavam nervosos. Certamente pensavam que ao chegarem à ilha já tomariam o barco! Notei que Long John ia de grupinho em grupinho, falando com os marujos. Esbanjava simpatia. Sorria para todos. Também cantava. E, quanto mais ele cantava, mais eu me sentia pior!

Eu, o doutor, o fidalgo e o capitão fomos para a cabine. Decidimos que o melhor seria conceder a tarde para os homens irem à ilha. Assim, Long John teria a chance de conversar livremente com eles. E acalmá-los. O capitão pensava que, se isso não fosse feito, eles começariam a revolta imediatamente.

Chamamos Hunter, Joyce e Redruth e contamos tudo que estava acontecendo. Os três receberam as más notícias melhor do que nós esperávamos e disseram que podíamos contar com eles.

Em seguida, o capitão foi para o convés. Disse à tripulação:

— Meus jovens, tivemos um dia quente e todos estão muito cansados. Um passeio na praia não vai atrapalhar nossos planos. Podem pegar os botes e ir para lá de tarde. Darei um tiro no ar para avisá-los quando voltar, meia hora antes de o sol se pôr.

O capitão deixou Silver organizar o passeio. Observou quem era convidado, para saber se ainda havia marinheiros leais. Seis ficaram no barco. Outros treze foram para a ilha com o cozinheiro.

Foi aí que tive a primeira das ideias malucas que salvaram nossas vidas. Seis dos homens ficariam na embarcação, e talvez não estivessem nos planos de Silver, mas não tínhamos certeza. Era preciso saber mais! Impulsivamente, decidi ir para a praia junto com os piratas. Num piscar de olhos, pulei num bote e me enrosquei nas escotas[18] enroladas do barco mais próximo.

Só o remador percebeu. Pediu-me para ficar de cabeça abaixada. Mas Silver, do outro bote, também me viu. Gritou perguntando se era eu. Por sua voz irada, naquele instante me arrependi do que fizera. Mas era tarde demais.

Os botes apostaram corrida. Por sorte, eu estava no mais rápido. Chegamos a um local cheio de árvores. Agarrei um galho e me lancei

[18] Cabos que servem para esticar as velas lateralmente.

para fora. Enveredei pelo bosque, enquanto Silver e os outros ainda estavam no mar.

— Jim, Jim! — eu ouvi Long John gritar.

Mas, como vocês devem supor, nem dei atenção! Saí em disparada. Corri até não aguentar mais, para longe dos piratas.

14
OS PRIMEIROS CRIMES

Fiquei tão contente por ter escapado de Long John que passei a olhar a ilha de outra maneira, e descobri sua estranha beleza. Após atravessar um pântano repleto de arbustos retorcidos, cheguei a uma clareira com árvores estranhas. De longe se via um dos picos. Até onde eu sabia, a ilha não tinha outros seres humanos. À minha frente, só havia vida selvagem. Gostei da ideia de me tornar um explorador. Vi plantas e flores desconhecidas. Também cobras! Do alto de uma pedra, uma delas esticou a cabeça em minha direção, fazendo um barulho de chocalho. Naquela época não tinha a menor ideia do quanto uma cascavel é venenosa. Mesmo assim, me afastei e ela não deu o bote.

Cheguei a um riacho. Pelos meus cálculos, ele desembocaria na baía onde o navio estava. Pensei em segui-lo, para depois pensar em uma maneira de subir a bordo. Também via o contorno do Monte da Luneta, mal desenhado sob o nevoeiro. Ouvi um barulho mais ao longe. Um pato selvagem voou, grasnando. Em seguida, outro. Toda a área do pântano foi inundada por uma nuvem de patos, voando em círculos no ar. Só podia ser um sinal de que Silver e os marinheiros se aproximavam. De fato, logo ouvi suas vozes. Apavorado, eu me arrastei para trás de um carvalho. Apurei os ouvidos. Não entendia bem o que diziam, devido à distância. Engatinhei, para chegar mais perto e escutar melhor:

— Tom, meu amigo — disse Silver —, é por gostar de você que estou aqui. Acredite! Tudo o que eu digo é para salvar seu pescoço!

— Silver — respondeu Tom, em voz rouca e hesitante —, você é experiente, corajoso. Tem um nome limpo e algum dinheiro. O que nós, pobres marinheiros, não temos. Está sendo enrolado por esse bando de canalhas. Pense bem, faça como eu. Jamais viraria as costas a minhas obrigações, menos ainda ficaria contra a lei! Tudo o que eu tenho é meu nome, minha honra!

Obviamente, Tom era um dos homens honestos, a quem Silver ainda não convencera a nos trair. Neste instante, do outro lado do pântano, ao longe, ouviu-se um longo grito, depois outro e outro. O último foi o mais terrível. O som foi ecoado pelas rochas, o que tornou o grito ainda mais assustador. Os pássaros voaram novamente, formando uma nuvem escura no céu. Tempos depois, esse grito de morte ainda ecoava em meus ouvidos! Logo em seguida, o silêncio voltou a imperar.

Ao ouvir o grito, Tom assustou-se, tenso. Silver não moveu um olho. Permaneceu onde estava, encarando o outro. Parecia a mesma cascavel que me assustara há pouco, pronta para o bote.

— John! Que foi isso? — perguntou Tom.

— Acho que foi Alan — respondeu o cozinheiro, com um sorriso de maldade nos lábios.

— Alan! — exclamou Tom. — Era um ótimo colega e também excelente marinheiro!

Só então tomou consciência da gravidade da situação. Disse firmemente:

— Não sou mais seu amigo, John. Morrerei como um homem honrado. Vocês mataram Alan. Matem-me também.

Corajosamente, virou-se e saiu andando. Não avançou muito. Com um grito, Silver o alcançou e lhe deu um violento golpe nas costas. O pobre homem caiu no chão. Nem teve tempo de se levantar. O pirata se atirou sobre ele, e o esfaqueou duas vezes.

Minha cabeça rodou. Quase desmaiei. Apoiei-me numa árvore e fechei os olhos. Quando os abri novamente, o monstro já tinha colocado de volta o chapéu na cabeça. O corpo de Tom jazia estendido no chão. Calmamente, Silver limpou a faca ensanguentada na grama. Mal podia acreditar que uma vida humana fora tirada tão cruelmente, bem diante dos meus olhos! Em seguida, Long John pegou um apito e soprou várias notas moduladas. Devia estar chamando outros marinheiros. Quando eles viessem, sem dúvida me descobririam. Já tinham matado dois. Depois de Tom e Alan, seria minha vez?

Rastejei para me afastar, tentando fazer o mínimo de barulho possível. Ouvi gritos trocados entre Silver e seus asseclas, que já se aproximavam. Esse som me deu asas! Logo me livrei dos arbustos e entrei numa área com a vegetação menos densa, onde podia me mover mais depressa. Corri como nunca! Não me importava para onde fugia, desde que fosse para bem longe dos assassinos!

Quando parei para respirar, tomei consciência da minha situação. Senti um medo sem tamanho. Quem podia estar mais definitivamente perdido do que eu?

Ouvi um tiro vindo do navio. Era o sinal para voltar. Mas seria impossível voltar no mesmo bote que os assassinos. Não sairia vivo de lá. Adeus *Hispaniola*, adeus fidalgo, doutor e capitão! O melhor era me esconder e depois pensar nos meus próximos passos. Corri novamente, queria ficar o mais longe possível daqueles homens. Quando parei, estava próximo à base da elevação com os dois picos. Nessa região, havia carvalhos muito grandes, de copas frondosas. E também pinheiros dispersos, bem altos.

Já começava a me sentir mais seguro quando um novo acontecimento fez meu coração bater descontrolado.

15
O HABITANTE DA ILHA

Da encosta íngreme e pedregosa, deslocaram-se algumas pedras, que rolaram ruidosamente por entre as árvores. Instintivamente, olhei naquela direção. Um vulto saltou rapidamente para trás de um pinheiro. Fiquei em dúvida. Era urso, homem ou macaco?

O terror me paralisou, em um primeiro momento. Eu estava cercado! Atrás de mim, os assassinos. Na frente, esse ser! Optei pelo perigo que já conhecia. Silver parecia menos terrível do que aquela criatura. Dei meia-volta e comecei a correr em direção aos botes.

A criatura conseguiu me interceptar novamente e, de súbito, apareceu à minha frente. Não tive mais dúvidas. Era um homem! Eu já estava muito cansado, não conseguia correr tão depressa. Além disso, ele era muito mais ágil do que eu. Quase gritei, para pedir ajuda. Mas o medo de Silver me deteve. Apesar do meu pavor, resolvi enfrentar a criatura. Respirei fundo e dei um passo em sua direção. Para minha surpresa, ele se ajoelhou, em posição de súplica. Fiquei imóvel.

— Quem é você? — perguntei.

— Benjamin Gunn — respondeu, com voz rouca e mal articulada. — Sou o pobre Ben Gunn, eu sou. Não conversei com nenhuma alma cristã nos últimos três anos!

Coitado! A pele muito queimada do sol. Os lábios, dois pedaços de carvão. A roupa feita de retalhos, unidos por uma estranha combinação de botões, varetas e ataduras. Usava um cinto de couro.

— Seu navio naufragou e ficou morando na ilha? — perguntei.

— Fui abandonado aqui!

Ser deixado em uma ilha era um castigo normal entre os piratas, dado a inimigos, traidores ou a quem não seguisse cegamente as ordens recebidas.

— Estou aqui há três anos! Vivo de cabras, ostras e frutas silvestres. Tudo o que um homem pode fazer para sobreviver eu fiz. Tenho tanta vontade de comer algo mais delicioso! Companheiro, por acaso você tem um pedaço de queijo no seu bolso? Passo noites e noites sonhando com um bom pedaço de queijo!

— Se eu conseguir voltar ao navio, você terá montanhas de queijo — prometi.

Ele sorriu, feliz com minha promessa. Continuamos a falar. Durante a conversa, ele me tocava, como se quisesse ter certeza de que eu realmente existia. Apalpava minhas mãos, olhava minhas botas. Demonstrava uma alegria infantil com minha presença.

— Se você conseguir voltar ao navio? — ele perguntou. — Por acaso estou impedindo que você volte? Qual o seu nome?

— Jim Hawkins.

Repetiu meu nome várias vezes. Lamentou-se, dizendo que sua falecida mãe se envergonharia de vê-lo daquele jeito. Apesar de sua aparência deplorável, afirmou que, agora, estava muito rico.

—Vou fazer de você um homem rico também, Jim! Foi o primeiro que me encontrou! — prometeu.

Também quis saber se eu estava no navio do capitão Flint — mas eu percebi que tinha medo do pirata. Logo deduzi que Ben seria um bom aliado.

— Não. Para seu conhecimento, o capitão Flint já morreu. Mas no navio em que estou há diversos piratas que navegaram com ele, o que não é nada bom.

— Há algum de perna de pau? — perguntou ele, assustado.

Resolvi falar francamente. Contei a história de nossa viagem e comentei sobre nossa situação atual. Ben acreditou em mim. Quis saber se o fidalgo Squire Trelawney também confiaria nele, Ben, se estivesse disposto a nos ajudar. Eu lhe respondi que sim, com certeza. Logo percebi que seu sonho era voltar para casa. Dei certeza absoluta de que embarcaria conosco. Afirmei também que precisaríamos dele no navio, pois teríamos muitos marinheiros a menos.

Feliz com as novas esperanças, Ben me contou sua história. Estava no navio do capitão Flint, quando este fizera a viagem para enterrar o tesouro. Havia também, segundo me contou, seis piratas bem fortes.

— Os seis foram mortos. Não sei como isso aconteceu, pois foi aqui na ilha. Mas sei que houve luta, guerra e morte. Flint deu cabo de todos. Mesmo sendo só um contra seis. Billy Bones e Long John Silver eram os mandachuvas, logo abaixo de Flint. Eu fazia parte da tripulação. Mas ninguém soube onde foi escondido o tesouro, a não ser esses seis que foram desta para melhor. Se algum outro homem quisesse saber do tesouro, Flint ameaçava abandonar na ilha! Três anos depois eu estava em outro navio, que ancorou aqui, para encher os barris de água. Eu sabia que o tesouro estava na ilha e convenci meus camaradas a sair atrás dele. Procuramos por todo lado, mas nem sinal! Depois de doze dias, acharam que eu tinha mentido.

— Aqui você tem uma arma, uma pá e uma enxada. Vá encontrar o seu tesouro. Foi o que disseram furiosos. Partiram no navio, me deixando abandonado!

Segurou no meu braço e disse, em tom de súplica:

— Jim, você pode confiar em Ben Gunn. Farei o que você precisar! Eu já fui um cavalheiro da fortuna. Mas não quero mais ser pirata. Pode ter certeza, sou o cara mais legal que você já viu. Tem mais! Eu só quero uma pequena parte do tesouro. A principal é para vocês, desde que me tirem desta ilha!

Estou resumindo, porque as frases de Ben eram muito desconexas. Perguntei como sugeria que voltássemos ao navio.

— Construí um barquinho, que está escondido embaixo da rocha branca!

Na sua opinião, seria melhor partirmos após o anoitecer e subir a bordo do *Hispaniola* no escuro.

Neste instante, ouvimos um canhão.

— Já começou a luta! — gritei.

Corri em direção ao ancoradouro, seguido por Ben Gunn. Após o tiro de canhão, houve um intervalo bem longo, ao qual se seguiu uma intensa fuzilaria. Depois, veio o silêncio.

Para minha surpresa, dali a algum tempo vi, no alto de uma árvore, acima do bosque, tremular a bandeira inglesa!

Parte 4

NO FORTE

16
O ABANDONO DO *HISPANIOLA*

Eu, o doutor Livesey, continuarei a narrativa, pois Jim Hawkins não estava presente nos acontecimentos que se seguem abaixo.

Eram mais ou menos 1h30 — três badaladas, na forma náutica de contar o tempo — quando os dois botes do *Hispaniola* foram para a costa. O capitão, Trelawney e eu havíamos tomado uma decisão. Nosso plano inicial era aprisionar os seis marinheiros que ficaram a bordo, e, se houvesse vento, navegar para longe dos piratas, enquanto ainda estavam na ilha. Mas Hunter nos avisou que Jim fora para a praia com os outros marinheiros. Não entendi seus motivos, mas não duvidei de sua lealdade. Eu me preocupei, sim, com sua segurança. Conhecendo a índole daqueles homens, temi pela vida de meu jovem amigo. Era preciso tentar salvá-lo!

Saí com Hunter em um bote para procurar Jim. Desembarcamos em um ponto diferente do dos piratas. E nos dirigimos para o local onde no mapa havia a indicação de "Forte". Ficava a menos de 100 jardas[19] da praia.

Chegamos a uma construção feita de troncos, resistente, bem ampla. Era cercada por uma paliçada de madeira bem forte, mas não havia portão. Para entrar, era preciso pulá-la. Havia um amplo espaço entre a casa e a paliçada. Quem estivesse nela certamente teria muita vantagem sobre os atacantes. De lá, tinha-se também uma boa visão do restante da ilha. Cheguei à conclusão de que era um local bastante seguro. Principalmente para se defender de possíveis ataques dos piratas. Para completar, havia uma fonte de água límpida. Justamente o que mais faltava no navio. No *Hispaniola* havia bastante comida, bons vinhos, porém água fresca não.

Estava perdido nos meus pensamentos, quando ouvimos o grito de um homem. Senti um calafrio. Já conhecia esse tipo de grito. Servi na guerra com o duque de Cumberland. Inclusive fui ferido em Fontenoy[20]. Era, sem dúvida, um grito de morte. Pensei, com dor no coração: "Jim Hawkins se foi". Voltamos rapidamente para o navio. Todos estávamos abalados. Squire Trelawney, branco como papel. Sentia-se arrependido de nos ter trazido para essa aventura. Conforme o capitão Smollett contou posteriormente, o fidalgo quase desmaiou quando ouviu o grito. Expus meu plano: nosso grupo iria para o forte antes que os piratas voltassem da ilha. Lá poderíamos nos defender melhor do que no próprio navio. Rapidamente pegamos pólvora, mosquetes[21], sacos de biscoitos, um barril com carne de porco salgada e minha preciosa maleta com medicamentos. Transportamos tudo para a praia em dois botes. Mas tomamos o cuidado de desembarcar em um local bem distante de onde estavam os piratas que haviam ficado na ilha. Assim, não nos viram. Hunter e Joyce

[20] A Batalha de Fontenoy, ocorrida em 11 de maio de 1745, foi uma vitória francesa sobre o Anglo-Holandês-Hanoveriano na Guerra da Sucessão Austríaca. A disputa aconteceu perto de Fontenoy, na Áustria Holandesa, atualmente Bélgica.

[21] Uma das primeiras armas de fogo usadas pela infantaria entre os séculos XVI e XVIII. Trata-se de uma evolução do "arcabuz", semelhante a uma espingarda, porém muito mais pesada, com o cano de até 1,5 metro sobre a culatra de madeira, coronha grande e geralmente munida de baioneta. Introduzida no século XVI, é a predecessora da espingarda moderna.

permaneceram no forte. O capitão, Squire Trelawney e eu voltamos para buscar mais provisões.

Os seis marinheiros que ainda estavam a bordo foram orientados a permanecer na parte baixa do navio. Inicialmente não perceberam nosso plano de fuga. Quando estávamos embarcando, o capitão Smollett chamou um marinheiro de nome Abraham Gray. Disse acreditar que ele ainda era fiel. Não estava errado! Ele concordou em partir conosco. Mas, quando foi buscar suas coisas, os demais descobriram tudo. Gray voltou correndo com um corte de raspão no pescoço. Fora atacado pelos outros e safara-se da morte por pouco.

Abandonamos o navio, enquanto os outros marinheiros tentavam nos impedir. Mesmo assim, conseguimos embarcar nos botes. Entretanto, a maré não nos ajudava. Os revoltosos, sem piedade, alvejaram o pequeno bote onde estávamos.

Pensei que íamos nos safar, mas o Capitão gritou:

— O canhão!

Para nosso horror vimos os cinco patifes restantes preparando o canhão. Hands era conhecido como bom atirador. Rapidamente conseguimos nos desviar enquanto a bala de canhão caía logo além. Os piratas desceram os botes restantes e vieram em nossa direção, atirando. Era impossível resistir. Afundamos e perdemos nossos suprimentos. Felizmente, todos nos salvamos. Nossas armas também se molharam. Só sobraram duas delas secas.

O ataque dos piratas corresponde à troca de tiros que Jim ouviu, e o estouro do canhão também.

Conseguimos chegar à praia e corremos o mais depressa possível. O barulho também chamou a atenção dos outros piratas na praia, que também nos perseguiram com tiros. O percurso até o forte foi bem difícil. Job Anderson, o contramestre, quase nos alcançou. Só conseguimos nos refugiar atrás da paliçada por uma mínima vantagem. Antes que pudéssemos comemorar, um último tiro acertou Tom Redruth, que caiu no chão mortalmente ferido. Já era um amigo, e todos sentimos os corações apertados. Squire Trelawney se pôs de joelhos e beijou sua mão, chorando como uma criança.

— Como eu estou, doutor? — perguntou Redruth.

— Você está voltando para casa — eu lhe respondi.

Ele sorriu.

— Tom, você me perdoa? — perguntou o nobre Squire.

— Um simples criado sendo solicitado a perdoar um fidalgo? Que assim seja, amém! — foi a resposta.

Logo em seguida, sem mais nenhuma palavra, morreu.

O capitão Smollett estava com o peito estufado — tinha muita coisa escondida no casaco. Logo revelou uma série de suprimentos: duas bandeiras britânicas, linha, canivete, tinteiro, penas, o livro de bordo. Resolveu hastear a bandeira inglesa no alto de uma árvore, em frente ao forte. Após a morte de Tom, colocou outra sobre seu corpo.

Depois, quis saber em quantas semanas estava prevista a chegada de um navio de resgate. Já sabia que o fidalgo havia combinado a vinda de uma expedição, se não voltássemos dentro de certo prazo.

— Ainda faltam meses — respondeu Trelawney.

O capitão ficou bastante preocupado, pois, com a perda do segundo bote, as provisões seriam bem racionadas.

Neste momento ouvimos uma explosão: um novo tiro de canhão fora desferido da embarcação, em nossa direção. Mas passou longe e foi se alojar na floresta. Perguntamos ao capitão se não seria o caso de baixar a bandeira, pois ela orientava a mira dos piratas. Ele se recusou, lembrando que a bandeira inglesa era motivo de orgulho para todos nós. Concordamos com Smollett. Os piratas continuaram atirando com o canhão. Mas nunca acertaram o forte. Na maioria das vezes, não passavam da areia!

O capitão resolveu avaliar a situação e escreveu em seu diário:

Alexander Smollett — capitão; David Livesey — doutor do navio; Abraham Gray — carpinteiro; John Trelawney — proprietário; John Hunter e Richard Joyce — serventes do proprietário e marinheiros de primeira viagem. Foram esses os que restaram fiéis à bandeira do navio. Temos comida para 10 dias... Thomas Redruth faleceu aqui, atingido pelo tiro dos amotinados.

Eu, Livesey, me perguntava o que acontecera ao pobre Jim. O capitão estava pronto para incluí-lo na lista das vítimas.

Neste instante, Hunter, que fazia a guarda, gritou:

— Alguém se aproxima!

Inicialmente, nos assustamos. Mas ouvi então uma voz juvenil:

— Doutor, capitão, lorde!

Corri para a porta, bem a tempo de ver Jim Hawkins escalar a paliçada e pular para dentro, são e salvo!

E agora deixo que ele retome a narrativa, pois foi o personagem central de vários acontecimentos.

17
BANDEIRA BRANCA

Eu, Jim Hawkins, retomo, a partir deste ponto, a minha narrativa:

Quando parti em direção à bandeira, Ben Gunn disse, na sua forma de falar meio enrolada:

— Sou seu amigo. Sabe onde me encontrar. Diga a seus companheiros que tenho uma ideia que vai ajudar a todos nós. Mandem alguém para falar comigo que eu explico meu plano. Quem vier, deve trazer um pano branco na mão, para eu saber que foi mandado por você. Também tem que vir sozinho. Ben Gunn tem que se precaver. Ele tem suas razões!

— Entendi, Ben. Você quer se encontrar com o fidalgo ou o doutor. Aqui, onde nos vimos pela primeira vez. É isso?

— Quando? — perguntou.

Obviamente, estava ansioso pelo encontro. Sem me deixar falar, ele mesmo respondeu à própria pergunta:

— Amanhã, a partir do meio-dia! Conversa importante, de homem para homem. Razões para isso eu tenho. Jim, você está dispensado. Você não vai me vender pro Silver, não é?

Neste momento, ouvimos uma explosão. Uma bala de canhão passou sobre nossas cabeças, indo cair perto de onde estávamos. Quando ouvimos outra explosão, corremos para direções diferentes!

As balas de canhão continuaram a cair, sempre próximas de onde eu corria, na areia da praia. Eu pulava de um canto a outro, para me desviar. O sol acabara de se pôr. Em certo ponto, vi o *Hispaniola* no mesmo lugar em que fora ancorado. Mas agora havia uma diferença: no alto do mastro tremulava a bandeira negra dos piratas, com a caveira e os dois ossos cruzados[22]!

[22] A bandeira preta é considerada um dos principais símbolos da pirataria. Para explicar a origem da bandeira, a versão mais adotada entre os historiadores é que tenha começado com um hábito que não era ligado aos piratas: hasteava-se uma bandeira preta no mastro de navios onde havia passageiros com doenças, principalmente as contagiosas. Porém não há uma versão absolutamente conclusiva. Seja como for, a intenção dos piratas era mesmo manter curiosos a distância, o que realmente aconteceu. Todos tomavam cuidado e mantinham-se afastados quando avistavam tal pavilhão içado no mastro de um navio. Significava que nenhuma misericórdia seria dada aos ocupantes da presa, caso houvesse resistência. O nome original da bandeira era Joli Rouge, que em francês significa "Vermelho Bonito". Na transposição para o inglês, teria se tornado Jolly Roger e o fundo vermelho mudado para preto. Mas também se atribui a criação da bandeira ao famoso pirata Calico Jack.

Também vi uma fogueira na praia e um barco que ia e voltava do navio, trazendo os marinheiros restantes. Ou pelo menos a maioria deles. O navio estava sendo quase totalmente abandonado! Ouvi também várias canções, entoadas pelos piratas! Pelo tom, estavam bêbados!

Caminhei rapidamente para o forte. Todos me receberam muito bem. O doutor me deu um forte abraço. Todos acreditavam que não me veriam vivo novamente. Contei-lhes tudo que acontecera comigo. Também conheci o pequeno forte. A construção de troncos de madeira estava em uma boa posição, no alto de uma colina. Tinha janelas pequenas em todas as paredes, para facilitar a passagem de mosquetes em caso de um ataque. Além da casa, havia um alpendre. Em seu interior, também uma pedra e uma grelha de ferro, que eram usadas como fogão. Como chaminé, havia somente um pequeno buraco no teto. Para nosso desconforto, o interior da casa se enchia de fumaça quando alguém cozinhava, e tossíamos o tempo todo.

Gray, nosso novo companheiro, tinha o rosto amarrado com uma bandagem, devido ao corte que levou dos amotinados ao deixar o navio. E o cadáver de Tom Redruth, coberto pela bandeira britânica, jazia insepulto ao longo da parede. Ou seja, o clima era dos piores.

Sabíamos que a situação não era fácil. Havia muitas questões, e não tínhamos resposta para nenhuma. Conseguiríamos nos defender dos piratas? Encontraríamos o tesouro? E depois, seríamos capazes de sair da ilha? De que jeito? Quase desanimamos. Mas o capitão Smollett não permitiu o desânimo, mesmo diante de tantas dificuldades. Inventava coisas para cada um de nós fazer. Dava ordens e atribuía funções, o tempo todo. Nos dividiu em duas guardas: o doutor, Gray e eu estávamos em uma; o lorde, Hunter e Joyce na outra. Todos deveríamos ficar de vigia, dentro da casa, quando não estivéssemos executando alguma outra tarefa. Apesar de cansados, dois foram enviados para buscar lenha. Dois outros escavaram uma sepultura para Redruth. O doutor foi nomeado cozinheiro. Eu fiquei de sentinela na porta. O próprio capitão ia de um ao outro, ajudando nas tarefas. Enfim, não podia ver ninguém parado.

Enquanto preparava a refeição, o doutor saía de vez em quando para respirar um pouco de ar puro.

— Esse homem, Smollett, é melhor do que eu, Jim — disse uma vez. — E quando digo isso, quero dizer muita coisa.

Em outra ocasião, perguntou:

— Esse Ben Gunn de que me falou é um bom homem?

— Eu nem tenho certeza se é bom da cabeça — respondi.

— Se existe alguma dúvida sobre isso, posso garantir que é — afirmou o doutor. — Um homem que ficou três anos numa ilha deserta, sozinho, não pode parecer tão são quanto você e eu. Quando nos contou sua história, você disse que ele tinha muita vontade de comer queijo. Estou certo?

— Sim, queijo!

— Eu gosto de boa comida — comentou o doutor. — Por isso mesmo trago sempre um bom pedaço de queijo nas minhas provisões pessoais. Um queijo parmesão feito na Itália, de excelente sabor. Jim, esse queijo será dado a Ben Gunn!

Percebi que o doutor estava ansioso para encontrar Ben.

Antes que a ceia fosse servida, enterramos Tom Redruth. Ficamos de pé, em respeito, sem chapéu, durante algum tempo, em volta de sua sepultura. Voltamos à fogueira. Os três chefes discutiram nossa situação. Temiam que faltasse comida. E também o perigo oferecido pelos piratas. De dezenove deles, de acordo com nossas contas, agora restavam quinze. O doutor apostou sua peruca que a metade deles ficaria doente antes de uma semana — haviam acampado muito perto do pântano cheio de mosquitos.

Mas os piratas se consideravam vitoriosos, sem dúvida! Cantaram até tarde da noite, riam e festejavam como se já estivessem de posse do tesouro. Dormi pesadamente, apesar do barulho. Quando acordei, todos já tinham se levantado e tomado a primeira refeição. Na verdade, despertei com um berro do fidalgo:

— Bandeira branca! Vejam lá, bandeira branca!

Escutei também um grito de surpresa.

— É o próprio Silver!

18
A EMBAIXADA DE SILVER

Realmente, Long John Silver vinha calmamente, ao lado de um marujo que agitava um pano branco, como bandeira. Era muito cedo ainda, o sol acabara de se levantar. A manhã estava gelada. O frio penetrava até os ossos. Silver e seu tenente atravessavam o pântano com dificuldade.

— Cuidado, pode ser uma cilada — avisou o capitão.

Corajosamente, virou-se na direção dos piratas.

— Que vocês querem? Fiquem parados!

— Bandeira branca! — exclamou Silver.

O capitão permanecia no alpendre, tomando cuidado para não se colocar no caminho de um possível tiro traiçoeiro. Pediu que nos dividíssemos.

— Doutor Livesey, vigie o norte. Jim, o leste. Gray, o oeste. Mantenham as mãos sobre os mosquetes. Todos, muita atenção e cuidado!

Em seguida, dirigiu-se aos amotinados:

— Para que querem trégua?

— O capitão Silver veio estabelecer seus termos — clamou o que trazia a bandeira.

— Capitão Silver! Não conheço esse homem. Quem é? — indagou o capitão, ironicamente.

Long John respondeu por si mesmo:

— Eu, senhor. Esses pobres rapazes me elegeram capitão após sua deserção, *sir*[23].

Após dar ênfase especial na palavra deserção, continuou:

— Viemos fazer uma proposta, só desejamos chegar a um entendimento. Peço que se aproxime para conversarmos.

— Meu caro, não tenho o menor desejo de falar com você. Se quiser conversar comigo, venha até aqui — respondeu o capitão Smollett.

[23] *Sir* («Senhor», em inglês) é o tratamento destinado aos cavaleiros da Ordem do Império Britânico. É um título honorífico, e, no caso, Silver o usa ironicamente.

Silver riu e avançou para o forte. Jogando a muleta por cima da cerca e, com muito vigor e habilidade, pulou para o outro lado. Entretanto, apesar da agilidade, Silver teve muito trabalho para subir até a colina. O terreno era inclinado, repleto de tocos e raízes. Sem contar a areia fofa, de praia. Depois de algum tempo, chegou perto do capitão, a quem saudou com certa elegância. Estava muito bem-vestido. Trajava um capote azul, com botões de latão, que ia até o joelho, e um bonito chapéu. Devia ter trazido escondido em seu baú, para usar depois que tomasse o navio.

— Sente-se — disse Smollett.

— Não vai me convidar para entrar? — admirou-se Long John. — A manhã está muito fria para sentarmos na areia.

— Se você fosse um homem honesto, estaríamos agora sentados no navio, conversando amigavelmente. Mas você não é mais meu cozinheiro. Não passa de um amotinado, um pirata, um criminoso. Não merece que o convide a entrar.

Aparentemente conformado, Long John sentou-se na areia. Quando me viu, fez uma saudação. E também ao doutor. Lamentou-se das brigas entre eles próprios e também da luta no navio, no dia anterior, onde alguns dos seus homens tinham sido atingidos, inclusive pelas balas dos próprios piratas. Também acreditava que havíamos atacado seu acampamento na noite anterior, depois da farra, quando todos estavam dormindo. (Tive certeza de que fora Ben Gunn.) À medida que falava, fiz as contas e descobri que tínhamos apenas catorze inimigos de quem nos defender.

Depois chegou onde realmente desejava. Para resumir: Silver queria o mapa do tesouro.

— Vim lhes dar uma chance: todos vocês poderão voltar ao navio. Depois que eu pegar o tesouro, estarão a salvo! Dou minha palavra de honra de que os levarei para onde queiram, sem tocar em um fio de cabelo de qualquer um de vocês. Se preferirem ficar aqui, também tenho uma solução. Prometo pedir ao primeiro navio que cruzar com o nosso que venha resgatá-los. Vocês não sonhavam com tanta gentileza, tenho certeza! Capitão, espero que todos vocês concordem com minha proposta.

Smollett quis saber, sem alterar a expressão:

— Isso é tudo?

— Por mil trovões! — respondeu Silver. — Recuse essa proposta e você se verá no meio de um fogo infernal! Não vou economizar balas de canhões!

— Muito bem — disse o capitão. — Agora você vai me ouvir. Se vocês vierem para cá, um por um, desarmados, vou algemá-los e levá-los para um julgamento justo na Inglaterra. Tenha certeza: vocês nunca encontrarão o tesouro, porque o mapa está conosco. Também não sabem definir o rumo da embarcação para fazer a viagem de volta. Por último, não são capazes de nos vencer na luta. Gray, que está ali, fugiu sozinho dos seus cinco piratas que permaneceram a bordo. Você tem um maior número de homens a seu lado, mas não passam de uns fracotes. Ouça bem! Você está contra o vento. Aproveite a chance de se redimir. Caso contrário, da próxima vez que nos encontrarmos, irei às vias de fato. Mais ainda. Se não vai se entregar, suma daqui imediatamente. Mova-se! Saia desse lugar!

A face de Silver se contraiu. Seus olhos soltavam faíscas de raiva.

— Antes do final de uma hora eu atacarei essa velha casa de madeira — avisou. — Riam, por mil trovões, riam! Vou fazer disso aqui um inferno!

Soltando pragas horríveis, foi embora. Pulou a paliçada e desapareceu rapidamente entre as árvores.

19
O ATAQUE

Quando a conversa entre o capitão e Silver acabou, o único que ainda permanecia em seu posto de vigia era Gray. Todos os outros, eu inclusive, haviam se aproximado para ouvir a conversa. Smollett nos repreendeu.

— O importante é manter a disciplina! De agora em diante, fiquem no posto determinado!

Todos ficamos vermelhos de vergonha. A curiosidade tinha sido maior que nosso senso de responsabilidade. O capitão continuou:

— Falei naquele tom com Silver de propósito, para deixá-lo com raiva, e assim fazê-lo tomar uma decisão precipitada. Pelos meus cálculos, antes de uma hora nos atacarão. São mais numerosos que nós e acham que serão vitoriosos. Mas lutaremos protegidos pelo forte. Não tenho dúvidas de que acabaremos com eles.

O sol já alcançava as árvores, dissipando o frio. Tiramos os casacos, abrimos as camisas no pescoço e enrolamos as mangas. Esperamos ansiosamente, prontos para nos defendermos. Desta vez, cada um em seu posto, firmemente. O capitão permaneceu no centro do forte, em silêncio, concentrado. No rosto, uma expressão preocupada — até uma ruga formou-se em sua testa.

Ficamos de guarda. Quando percebeu que se aproximavam, Gray disparou sua arma como aviso. Os piratas responderam com disparos de todos os lados, que se repetiram várias vezes. Nenhum deles acertou o forte. Mas, com o tiroteio, percebemos de que maneira estavam divididos. Um pirata a leste, outro a oeste. Três vinham pela frente. Pelo norte, oito ou nove.

Ou seja: o grande ataque viria pelo norte.

Quase imediatamente, com gritos de guerra, um grupo de piratas surgiu da floresta, justamente do lado norte, como calculávamos. Correram em direção ao forte. Enquanto isso, recebíamos tiros de todos os lados! Uma bala atingiu o mosquete do doutor e o destroçou.

Os agressores chegaram à paliçada. O fidalgo e Gray acertaram três deles. Um já no nosso quintal, e dois ainda fora.

Certamente, um deles ficou mais assustado que ferido, pois se virou e fugiu correndo. Desapareceu atrás das árvores! Quatro conseguiram avançar por nossa linha de defesa. Da floresta, sete ou oito atiravam sem parar. Os quatro que haviam entrado em nosso território nos atacaram aos berros. Da floresta, os outros também gritavam para encorajá-los. Os tiros não paravam. Em instantes, chegaram à colina que levava à construção. Um deles comandou com voz trovejante.

— Ataquem, com todas as forças!

Outro pirata, que havia se aproximado sem fazer alarde, agarrou o mosquete de Hunter pela janela e o arrancou de suas mãos com violência. E atingiu-o com uma coronhada, tão forte que nosso amigo desabou no chão sem sentidos. Um terceiro surgiu na entrada e atacou o doutor com seu alfanje.

Nossa posição se invertera. Num primeiro momento, nós estávamos protegidos, e o inimigo exposto. Agora éramos nós que estávamos descobertos. Não tínhamos para onde correr. Ouvi gritos, vi faíscas de pistolas! Era uma confusão! Um gemido alto chegou até mim.

— Para fora, rapazes, para fora! Lutem ao ar livre! Peguem os alfanjes! — berrou o capitão.

Arrebatei um alfanje da pilha. Corri. A luz do exterior cegou-me por instantes. Na frente, à minha direita, o doutor corria, colina abaixo, perseguindo o amotinado que o atacara. Finalmente, o doutor o alcançou, derrubando-o com um forte golpe no rosto.

— Deem a volta na casa, deem a volta na casa! — gritou o capitão. Percebi uma mudança no tom da sua voz. Estava mais animado!

Mecanicamente, obedeci. Com meu alfanje em riste, contornei a casa. E me vi frente a frente com um pirata! Ele rugiu em voz alta, ergueu sua arma! Nem tive tempo de sentir medo. Saltei de lado. Perdi o equilíbrio e rolei declive abaixo. Gray me seguira. Graças a ele, o pirata que me atacara estava fora de combate. Outro dos agressores fora atingido, quando tentara atirar. Agora agonizava no chão, com sua arma ainda fumegante. O doutor acertara um terceiro num só golpe. O último agressor fugiu e desapareceu. Quando me levantei, vi um amotinado com um alfanje na boca, no topo da paliçada. Estava saltando para fora do forte! A cabeça de outro também já aparecia acima das estacas! Correram para a mata. Fugiam! Em três segundos não havia mais sinal de luta, com exceção dos cinco piratas que tinham caído: quatro no lado de dentro e um fora da paliçada.

A batalha terminara, e a vitória era nossa.

Mas a vitória cobrou seu preço. Hunter estava caído no interior da construção, ao lado da janela, atordoado. Joyce fora atingido por um tiro na cabeça. Nunca mais voltou à consciência. Faleceu um dia depois. Trelawney apoiava Smollett, muito pálido.

— O capitão está ferido — disse ele.

Smollett perguntou, no limite de suas forças:

— Eles fugiram?

— O mais rápido possível, pode estar certo — replicou o doutor. — Mas cinco deles estão fora de combate.

— Cinco! — exclamou o capitão. — Bem, isso é melhor do que quando começamos a luta. Agora são quatro nossos contra nove deles. Não podemos esquecer que no início éramos sete contra dezenove[24].

[24] Nota de Stevenson: os amotinados eram, na verdade, só oito, pois um homem alvejado por Squire Trelawney a bordo da escuna morreu naquela mesma noite. Mas isso, claro, nós não sabíamos.

Parte 5

MINHA AVENTURA NO MAR

20
A FUGA

Os amotinados não voltaram a nos atacar naquele dia. Tivemos tempo para cuidar dos feridos e preparar uma refeição. Para evitar a fumaça, cozinhamos do lado de fora, comemorando o resultado da luta. O pirata ferido e Hunter estavam muito mal. (Na verdade morreram. O pirata logo depois e Hunter na noite seguinte.) O ferimento do capitão era grave, porém nenhum órgão vital havia sido fatalmente atingido. Um tiro resvalara o pulmão e outro atingira a panturrilha. Confiante, o doutor garantiu que ele se recuperaria. Era preciso evitar andar, mover o braço e até mesmo falar muito, pelas próximas semanas. Eu tinha um corte na mão. Mas era um ferimento leve. O doutor Livesey fez um curativo e logo fiquei bem.

Depois do jantar, Trelawney e o doutor se reuniram com o capitão para planejar os próximos passos. Gray e eu nos sentamos do outro lado do forte, sem ouvir o que diziam. Depois de algum tempo, o doutor se levantou. Ainda era dia. Pegou uma pistola, um alfanje e pôs o mapa da ilha no bolso. Com um mosquete sobre o ombro, enveredou pela floresta. Gray reagiu, surpreso:

— O doutor Livesey é louco?

— Não! De todos nós, ele é o mais perfeitamente são — respondi.

— Bem, camarada — disse Gray —, louco talvez não seja. Mas, se ele não for, eu é que devo ser! Não entendo por que saiu!

— Sinceramente, acho que foi falar com Ben Gunn...

Meu palpite estava certo, conforme soube mais tarde.

Ainda era dia, e o forte estava quente e abafado. Senti inveja do doutor caminhando pela agradável floresta de pinheiros, enquanto eu permanecia "num forno", com a roupa empapada de suor. Aos poucos uma ideia que pode parecer maluca surgiu na minha cabeça. Fui lavar a louça. A ideia se tornou mais forte. Até que me decidi. Enchi os bolsos com biscoitos e me preparei para partir.

Provavelmente, vocês dirão que eu era doido por agir como agi. Meu plano era encontrar o bote de Ben Gunn, que, eu sabia, estava escondido sob uma rocha, e cortar o cabo da ancora do *Hispaniola*, para os piratas perderem o controle do navio. Se eu pedisse, com certeza teriam me negado permissão para sair. Resolvi ir escondido! Sabia que era errado. Mas foi minha ousadia que tornou possível nossa volta à Inglaterra!

Encontrei uma ótima chance para escapar quando o sr. Trelawney e Gray colocavam novas bandagens no capitão. Naquele momento, ninguém prestava atenção em mim. Já estaria longe quando minha ausência fosse notada. Atravessei a floresta até a rocha branca descrita por Ben Gunn. Embaixo dela, havia uma tenda, de pele de cabra. Dentro, encontrei um bote, feito pelo próprio Ben. Era rústico. Tinha uma armação de madeira com pele de cabra esticada, sendo que o pelo estava virado para dentro[25]. O bote era muito pequeno, até mesmo para alguém do meu tamanho. Dentro, havia dois remos.

Já entardecia. Como contei, meu plano era me aproveitar da escuridão para cortar a

[25] Stevenson chamou o bote de coracle: esse tipo de bote, feito de vime ou madeira, e recoberto de couro ou oleado, era utilizado no País de Gales e na Irlanda, em rios ou lagos.

âncora do *Hispaniola* e deixá-lo à deriva. Assim impediria os piratas de abandonarem a ilha — ideia que poderiam ter, após a derrota daquela manhã. De longe, avistei o navio. A bandeira negra ainda tremulava no alto de um mastro. Um bote encostava-se na embarcação. Reconheci Silver. Parecia explicar algo a dois marinheiros. Depois, ele voltou para a ilha. Comi algumas bolachas que trouxera comigo, enquanto esperava escurecer. O sol caía no horizonte.

Veio a noite. Com ela, um forte nevoeiro. A maré baixara. Carreguei o bote pela areia molhada por um longo trecho. Afundei até as canelas para chegar ao mar propriamente dito e fazer meu pequeno bote flutuar. Para alguém do meu tamanho e peso, o barquinho era seguro. Mas difícil de manejar. Não tinha leme e girava em torno de si mesmo, virando para todos os lados, menos para aquele para onde eu queria ir. Na maior parte do tempo, eu não conseguia seguir um rumo definido. Tenho certeza de que nunca teria chegado no navio se não fosse pela ajuda da maré, que me levou na direção correta.

Mas sim, cheguei ao *Hispaniola*! Percebi que o barquinho estava próximo à amarra da âncora. Mas estava esticada demais. Esperei, pacientemente, que a brisa noturna fizesse o navio mudar de posição e afrouxasse o cabo para que eu não fosse atirado no mar com a chicotada que a amarra esticada daria ao ser cortada. Após algum tempo a brisa mudou para sudoeste. A embarcação se mexeu e o cabo afrouxou. Com minha faca, cortei quase todas as cordas do cabo.

Durante esse tempo todo, ouvia vozes no salão. Reconheci a de Hands. A outra devia ser a de um marinheiro com gorro vermelho, que vira ao longe, quando Silver dera suas ordens. Ambos estavam embriagados e, além disso, furiosos, pois mutuamente se ameaçavam.

A brisa aumentou, a escuna girou e o cabo afrouxou novamente. Aproveitei a escuridão para cortar o resto da amarra. E a âncora caiu no fundo do mar.

O pequeno bote, levado pela maré, colidiu com a escuna. Instintivamente coloquei as mãos em seu casco, para diminuir o efeito do baque. Toquei em um cabo menor, junto à amurada. Segurei-me nele e, por curiosidade, me suspendi para bordo da escuna. Quando alcancei a janela do salão, assisti a uma cena horrível: os dois piratas lutavam entre si, violentamente. Apavorado, caí novamente em meu bote, que por pouco não tinha sido levado pelo mar.

185

Sem âncora, o navio ia à deriva, para o sul. Assim como o pequeno bote, que também já entrava em alto-mar. Repentinamente, o *Hispaniola* mudou de direção. No mesmo instante, ouvi gritos e correrias a bordo. Compreendi que os piratas tinham notado que havia algo errado com a embarcação. Agachei-me no fundo do bote. Permaneci muito tempo assim, sacudido para cá e para lá. Pouco a pouco, um grande cansaço tomou conta do meu corpo. Entorpecido pelas emoções, adormeci.

No bote, à deriva, sonhei com os bons tempos em que meu pai era vivo, em nossa estalagem. E no meu sonho via a tabuleta "Almirante Benbow".

21
VIAGEM DE BOTE

Quando acordei, me encontrava a sudoeste da Ilha do Tesouro. O sol já se erguera. Mas permanecia escondido por trás do Monte da Luneta, que, visto desse lado, descia até o mar formando uma barreira de rochedos. Estava a menos de quatrocentos metros da ilha. Minha primeira ideia foi remar até lá, mas logo descobri ser impossível. As ondas batiam fortemente nas rochas e eu seria estraçalhado se insistisse.

Isso não era tudo. Ouvi grunhidos terríveis. Arrastando-se nas plataformas mais lisas das rochas, ou se deixando cair no mar, havia leões-marinhos. Hoje sei que são inofensivos. Mas nunca tinha ouvido falar deles, e seu aspecto me assustou. Achei que eram monstros!

Havia uma possibilidade melhor: um local assinalado no mapa como Cabo dos Bosques, mais ao norte, onde uma fileira verde de pinheiros descia até a costa. Parecia bem mais hospitaleiro. Meu bote estava sendo levado por uma corrente marítima, em sua direção. Resolvi poupar minhas forças para chegar até lá.

O mar estava calmo. O vento, firme e suave. Deixei o bote ao sabor das ondas, que me conduziam até a terra. Inicialmente, permaneci deitado no fundo do bote, olhando para o céu. Logo ganhei mais coragem. Decidi remar. Para isso, tive que mudar a disposição do meu peso, o que produziu mudanças violentas no comportamento do bote. Qualquer movimento, mesmo suave, fazia com que ele balançasse violentamente. Fiquei ensopado e também, confesso, muito apavorado. Resolvi deitar outra vez no fundo do bote, que voltou a flutuar suavemente.

Dava somente uma remada ou duas, de vez em quando, para manter o bote na direção da praia. Mas o fato é que eu estava sendo torturado pela sede. Os raios de sol e a água salgada que constantemente caía no meu rosto, cobrindo meus lábios com sal, faziam minha garganta arder. A terra, que antes aparentava tão próxima, parecia nunca chegar. De repente, tudo mudou. Levado pelas ondas, o bote mudou de direção, navegando para mais longe.

Estava me aproximando do *Hispaniola*! A correnteza em breve me levaria até ele! Todas suas velas estavam desfraldadas, brilhando ao sol como prata. O navio, por sua vez, navegava em minha direção. Cheguei a temer que estivessem me perseguindo. Mas o vento parou. E, sem vento, o *Hispaniola* ficou imóvel, desamparado, com as velas tremulando.

"Marinheiros desajeitados, ainda devem estar bêbados", refleti, observando o comportamento do navio. Quando ventava, ela se movia. Caso contrário, permanecia imóvel. Era óbvio! Ninguém guiava o *Hispaniola*! Onde estavam os homens que eu havia visto? Teriam abandonado o navio?

Meu coração bateu mais rápido. "Se a escuna estiver abandonada, posso subir a bordo e, quem sabe, tomar posse dela!", pensei. O mar levava meu bote e o navio na mesma direção e velocidade. Mas ainda havia uma certa distância entre nós. Para vencê-la, eu precisava remar, por mais difícil que fosse conduzir aquele barquinho. Sentei-me. As ondas bateram novamente no meu rosto. Não me importei. Reuni todas minhas forças e remei em direção ao instável *Hispaniola*. Às vezes era tão difícil que eu precisava parar para ganhar novas forças. Meu coração batia apressado. Respirava fundo. E continuava. Gradualmente, guiei meu bote entre as ondas.

Quando me aproximei da embarcação, de longe constatei que parecia deserta.

De repente, na última parte do trajeto, veio um vento forte. O navio saltou em minha direção. Primeiro, cobriu metade da distância que nos separava. Depois, dois terços. A seguir, três quartos. As ondas batiam contra seu casco. Subitamente, compreendi que tinha pouquíssimo tempo para me salvar. A embarcação já se inclinava sobre a onda seguinte. Aproximava-se de meu bote. Era incrivelmente alta! Em minutos, talvez segundos, passaria por cima da minha cabeça! Mal tive tempo de pensar. Menos ainda para agir e me salvar. Fiquei em pé e saltei, com o impulso empurrando o bote para debaixo da água. Consegui agarrar o gurupés[26]. Quando me encontrava, assim, pendurado, ouvi uma pancada surda. A escuna tinha abalroado e afundado o bote. Estava preso na *Hispaniola*.

[26] Mastro que se projeta, quase na horizontal, para avante da proa de um navio. É bastante usual nos grandes veleiros, mas existe também em certas pequenas embarcações.

22
JOLLY ROGER

Mal tinha me firmado no gurupés, o vento encheu o pano da bujarrona[27], que, por não estar presa, veio perigosamente em minha direção. A embarcação tremeu, mas no momento seguinte as outras velas que estavam puxadas seguraram o barco e a bujarrona voltou para trás. Quase fui lançado ao mar. Não perdi mais nem um segundo. Usei todas as minhas forças para chegar ao convés. Rastejei até o castelo de proa. A vela principal, esticada, me escondia. Não vi ninguém. Só sujeira. Certamente, o convés não fora lavado desde o motim. Estava cheio de lixo e de garrafas vazias e quebradas.

[27] A maior das velas de proa, de forma triangular.

Foi então que vi o pirata de gorro vermelho deitado de costas, duro. Braços abertos e esticados. A boca, aberta. Descobri Israel Hands apoiado contra a mureta, com o queixo no tórax, as mãos abertas à sua frente. O rosto branco como o tecido de uma vela.

Durante algum tempo, a embarcação continuou se movendo de um lado para o outro. Parecia um cavalo bravo. Sacolejava mais do que o bote de Ben. As velas se enchiam com o vento, balançavam para lá e para cá. O mastro gemia em voz alta. De vez em quando, uma nuvem de espuma invadia a amurada.

A cada salto da embarcação, o corpo do homem de barrete vermelho deslizava. Estava morto. Seu olhar fixo era assustador. Os lábios esticados deixavam os dentes à mostra. E Hands, por sua vez, parecia inconsciente. Mas, quando o vento diminuiu e a embarcação se acalmou, o antigo timoneiro se contorceu. Gemeu alto. Caminhei até a popa e me aproximei dele.

— Suba a bordo, senhor Hands — eu disse ironicamente.

Ele virou os olhos pesadamente em minha direção, sem aparente surpresa. Nem conseguia falar. Resolvi verificar como estava o navio. Desci as escadas até nosso antigo camarote.

Todos os lugares que eram trancados por cadeados estavam abertos e quebrados! O chão cheio de lama. As paredes, antes brancas com enfeites dourados, tinham marcas de mãos sujas. Dúzias de garrafas vazias rolavam no chão. O abajur aceso lançava um brilho dourado sobre a confusão.

Fui até o porão. Peguei alguns biscoitos, frutas em conserva, passas e um pedaço de queijo para mim.

Voltei para a coberta. Tomei bastante água do barril. Aproximei-me de Hands e perguntei o que havia acontecido. Ele bebeu vários goles de uma garrafa antes de falar:

— Por mil trovões, eu não quis fazer isso!

Sentado em um canto, aproveitei para comer o queijo.

— Está com muita dor? — perguntei.

Ele grunhiu algo incompreensível. Depois disse:

— Se aquele doutor estivesse a bordo, eu já estaria bom. Mas, como não tenho sorte, e ele está longe, estou bem mal! E você?

— Vim tomar posse desta embarcação, senhor Hands. Por favor, considere-me capitão, até segunda ordem.

Ele ergueu uma sobrancelha e me observou com ironia. Não disse nada. Um pouco da cor voltara a sua face. Continuei:

— Não gosto desta bandeira, caro senhor Hands. Com sua licença, é melhor ficarmos sem nenhuma.

Corri para o cabo e arriei a bandeira negra, a famosa Jolly Roger dos piratas. Atirei-a ao mar.

— Deus salve o rei! — exclamei. — Acabou-se o capitão Silver!

Hands me observava sem tirar o queixo do peito. Por fim, disse:

— Capitão Hawkins, acho que agora quer ir para a terra, não é? Podemos conversar?

— Claro, é o que mais desejo, senhor Hands. Diga o que tem a dizer — e recomecei a comer com apetite.

— Esse homem — começou, com um aceno fraco em direção ao cadáver — chamava-se O'Brien. Era um irlandês dos bons. Ele e eu pretendíamos levar a embarcação de volta até a ilha e quem sabe, até Bristol! Bem, ele morreu... está mais do que morto. Agora, aqui, só tem uma pessoa que pode movimentar este navio. Eu. Ouça, tenho uma proposta: você me dá alguma comida e bebida. E também um lenço velho ou um pano para eu fazer um curativo na minha ferida? Em troca, eu o ensinarei a pilotar a embarcação.

Respondi, muito firme:

— Eu não vou voltar para o ancoradouro do capitão Kidd, onde estão seus amigos. Quero levar o navio para a Baía do Norte.

Durante a viagem, vi no mapa que é um lugar seguro, protegido pelas rochas, onde uma embarcação pode ficar fora da vista. E ficar a salvo dos piratas.

— Sou um maldito desajeitado: tentei dar um golpe e me saí mal. Agora você é o chefe — ele resmungou. — Baía do Norte? Tudo bem! Eu o ajudo a velejar até a Doca de Execução[28], se quiser, por mil trovões!

Resolvi sacrificar meu lenço de seda, presente de minha mãe. Graças a ele, Hands conseguiu estancar o sangue do ferimento que tinha na cabeça. Após comer, melhorou visivelmente. Sentou-se mais ereto, passou a falar mais alto. Parecia outro homem, em todos os sentidos. Também cumpriu sua palavra. Graças as suas orientações, e após muitas tentativas malsucedidas, consegui aprender a conduzir a embarcação.

Eu estava feliz por ter reconquistado o navio. Tudo estaria perfeito se não fossem os olhos de Hands que me seguiam o tempo todo,

[28] Lugar em Londres onde piratas eram enforcados, no norte do Rio Tâmisa.

com uma expressão criminosa. Tinha um sorriso estranho. Havia algo de ruim em sua expressão.

O vento nos ajudou admiravelmente. O navio deslizava sobre as águas. Eu estava muito orgulhoso por conduzir o *Hispaniola* e feliz com o tempo luminoso e cheio de sol.

Tudo continuava muito bem. Como já contei, só me incomodava com o olhar timoneiro, que me seguia pelo convés. Seu sorriso era cada vez mais suspeito. Sem dúvida, ele me vigiava. Só não conseguia decifrar suas intenções. Mas não devia esperar nada de bom da parte dele. Era preciso ficar atento!

23
ISRAEL HANDS

O vento soprou favoravelmente e nos levou em direção à baía norte. Esperamos a maré alta, para levar a escuna até a praia. Não tínhamos como ancorar. Eu mesmo cortara o cabo da âncora. Meu plano era encalhar a escuna na praia, para resgatá-la depois. Mas era preciso atravessar um canal repleto de recifes até a segurança da baía. Enquanto esperávamos a maré subir, sentamos e comemos em silêncio. Com um sorriso desagradável, Hands fez um pedido:

— Capitão, é preciso entregar o corpo de meu velho companheiro O'Brien ao mar. Como eu mesmo o matei, segundo os costumes que nós, marujos, seguimos, não posso fazer isso. Fará essa gentileza?

Respondi:

— É melhor deixar o corpo onde está, Hands. Depois cuidaremos decentemente do pobre homem.

— O *Hispaniola* é uma embarcação maligna, Jim — continuou Hands. — Muitos homens já morreram nessa viagem. Nunca vi tamanha falta de sorte.

Permaneci em silêncio. Ele continuou, hesitante:

— Jim, será que você pode ir até a cabine e me trazer um... ora, uma... uma garrafa de vinho?

Não sou bobo. Seus olhos não olhavam para mim diretamente. Vagueavam para lá e para cá, para cima e para baixo. Sorria e falava de maneira envergonhada. Até uma criança perceberia que estava mentindo. Seu pedido era somente um pretexto. Obviamente, ele queria que eu saísse do convés. Mas resolvi esconder minhas suspeitas, até descobrir o que ele realmente pretendia.

— Está bem. Trarei um vinho do Porto para você, Hands.

Desci até a cozinha. Tirei os sapatos para não fazer barulho. Caminhei em silêncio pelo corredor. Subi a escada que levava ao castelo de proa[29]. Espreitei a escotilha[30]. Ele continuava vigiando a escada por onde eu tinha descido, enquanto eu o observava de outra direção.

Hands se arrastou pelo convés. Era óbvio que sentia muita dor na perna. Cautelosamente, foi até o rolo de cabos, onde estava escondido um pequeno punhal ensanguentado. Apressadamente, botou o punhal dentro de sua jaqueta. Voltou a sentar-se em seu lugar, com as costas apoiadas contra a mureta.

Era isso o que eu precisava saber: Hands podia se mover. Tinha uma arma e com certeza planejava se ver livre de mim.

Mas estava sem condições de conduzir o navio. Precisava que eu o levasse até a praia, em um local protegido. Assim, quando fosse necessário, a escuna voltaria a navegar. Minha vida seria poupada até que a escuna estivesse encalhada. Eu teria que ter cuidado e me livrar das mãos de Hands antes que ele resolvesse atacar.

[29] Parte da frente de uma embarcação. Nos veleiros era comum representarem uma figura — humana ou mitológica — para proteger o navio. Castelo ou castelo de proa ("Forecastle deck") é uma plataforma na proa onde fica todo o material de atracação e fundeio.

[30] Abertura retangular ou quadrada, em convés ou coberta de navio, para passagem de ar, luz, pessoal ou carga.

Mas, se ele precisava de mim, eu também precisava dele. Sem suas orientações, não saberia conduzir o navio.

Retornei à cabine e calcei meus sapatos. Peguei uma garrafa de vinho do Porto e voltei para a coberta.

Se eu não tivesse visto Hands se mover, teria sido perfeitamente enganado. Ele continuava no mesmo lugar, caído. Mantinha os olhos semicerrados, como se estivesse muito fraco para aguentar a luz.

— Estou mal, muito mal — gemeu. — Devo estar nas últimas.

Permaneceu um bom tempo em silêncio, depois disse solenemente:

— Nos trinta anos que estou no mar, vi o bem e o mal, o melhor e o pior, a tempestade e a bonança, a fome e a abundância, a paz e a luta. Mas nunca vi bondade neste mundo.

Ficamos algum tempo em silêncio. Eu discordava dele. Sempre acreditei na bondade!

Quando voltou a falar, Hands disse, em outro tom:

— Chega de bobagem. A maré está favorável agora. Siga minhas instruções e vamos conseguir encalhar o navio na praia.

Foi o que fizemos. Depois de uma manobra difícil, guiado por Hands, consegui entrar no canal, com grande precisão.

Estávamos cercados de terra por todos os lados. Diante de nós, na praia, ainda ao longe, jazia a carcaça de um navio desmantelado, invadido pela vegetação. Tinha grandes teias de algas e, na coberta, até arbustos floridos.

— Leme[31] a bombordo! — comandou Hands.

O *Hispaniola* virou rapidamente. A entrada da baía era estreita e rasa. Seguimos em ziguezague, raspando nas margens, com segurança e exatidão. Mas conseguimos enfrentar os bancos de areia, manobrando com toda atenção.

Absorvido, esqueci do perigo que me ameaçava.

Aproximei-me da amurada, para ver a praia de perto. Foi então que senti, mais do que vi, Hands vir de mansinho. Virei rapidamente. Estava quase em cima de mim, de punhal na mão. Gritei de terror e me esquivei. Ele soltou um rugido de fúria. Atirou-se em minha direção. Corri.

[31] Dispositivo de controle da direção de embarcações ou aeronaves. O princípio de funcionamento do leme consiste em desviar o fluxo do fluido em questão (água no caso de navios e ar no caso de aeronaves) de modo a, através da ação/reação, rodar o navio ou a aeronave para a posição pretendida.

Hands se movia rapidamente, apesar de ferido. Os cabelos grisalhos caíam na face vermelha. Com expressão violenta, ele me perseguia de perto. Meu coração bateu descompassado. O *Hispaniola* balançou, instável, e virou 45 graus. Caímos. Rolamos pelo chão. Levantei-me rapidamente. O corpo do marinheiro morto caiu sobre Hands, que teve dificuldade em se livrar. Aproveitei a vantagem de tempo e pulei nas redes do mastro principal. Subi, até sentar na cruzeta[32]. Respirei aliviado por alguns instantes. Mas, quando olhei para baixo, descobri que o pirata subia lentamente pela rede, mesmo com a perna ferida. Trazia o punhal nos dentes.

— Um passo a mais, Hands, e leva um empurrão! — ameacei.

Ele parou imediatamente. Eu podia ver, pela expressão da sua face, que tentava descobrir uma maneira de acabar comigo. Mas disfarçou. Tirou o punhal da boca para falar e fez uma proposta:

[32] As cruzetas, sejam retas ou anguladas, aumentam a rigidez do mastro. Funcionam da mesma forma que treliças, vigas ou outras estruturas espaciais.

— Jim, vamos fazer um tratado de paz? Reconheço que está numa posição bem melhor que a minha. Estou com o orgulho ferido, Jim. É muito difícil para um marinheiro experiente perder para um rapazinho como você.

Sorri calmamente, pensando no meu próximo passo. Sabendo que estava em melhor posição. E que devia ficar longe do pirata. Sem nem tentar um tratado de paz. O melhor era fugir na primeira oportunidade, isso sim. Subitamente, ele levantou a mão direita acima do ombro.

Só tive tempo de ver um brilho metálico em minha direção. Ouvir um zunido. Subitamente, senti uma pontada. Ele havia atirado o punhal, que fixou meu ombro no mastro! Senti uma dor horrível. Mas Hands também se deu mal. Com o movimento, perdeu o equilíbrio e caiu de cabeça na água.

24
MOEDAS DE PRATA

Ferido como estava, Hands não conseguiu nadar. Ainda subiu mais uma vez à superfície, envolto em espuma e sangue. Afundou. Eu me sentia enjoado, tonto e apavorado. Sangue quente escorria pelas minhas costas e pelo meu tórax. A lâmina do punhal cravado no meu ombro me prendia na madeira. Doía. Entrei em pânico. Tinha medo de despencar do mastro. Fechei as mãos com tanta força que as unhas feriram as palmas. Pouco a pouco recuperei a calma. Meu pulso voltou ao normal. Consegui me controlar. Pensei em arrancar o punhal que me prendia, mas não tive forças e desisti, com um tremor violento. Estranhamente, quando tremi me libertei. Na realidade, o punhal me segurava somente por um pedaço de pele, que se rasgou, e me soltei.

Desci do mastro. Fiz um curativo no ferimento. O corte não era profundo e sequer atrapalhava o movimento do braço.

Rolei o corpo de O'Brien até a amurada e o joguei no mar. Ele mergulhou, fazendo muito barulho. Agora, eu estava só no navio. O pôr do sol se aproximava. Ventava levemente. O cordame assobiou baixinho. As velas paradas abanavam para a frente e para trás. Cortei seus cabos, para que o vento não tirasse o navio do lugar.

Cuidadosamente, segurando uma corda presa no mastro, pulei para fora do navio. A água alcançou minha cintura, mas a areia do fundo era firme. Deixei o *Hispaniola*. Como eu calculara, no lugar em que estava, a embarcação não seria vista pelos piratas no outro extremo da ilha. Que orgulho! Tinha reconquistado o navio. Precisava contar a meus amigos. Já tínhamos como fazer a viagem de volta. Sem dúvida, o capitão Smollett até me elogiaria.

Orientado pela direção das montanhas, encontrei o caminho para o forte, através das árvores. Já na clareira, vi uma grande fogueira, dentro da paliçada. Não era comum fazermos uma tão grande. Suspeitei que algo podia ter saído errado durante minha ausência, mas não dei importância a esses pensamentos.

Não vi ninguém. Cruzei a paliçada, sem fazer ruído. Fiquei desconfiado. Estava mesmo tudo bem? Mas, quando cheguei mais próximo à edificação, ouvi roncos! Meus companheiros roncavam muito, e eu já tinha reclamado do barulho em outros tempos. Naquele momento, soava como música... Roncos! Só podiam ser meus amigos!

Estranhei não haver ninguém de sentinela. Cheguei à porta. Tudo era escuridão. Com os braços estendidos, entrei, sem distinguir ninguém. Silenciosamente, fui para o canto em que costumava me deitar, já imaginando a surpresa de meus amigos ao me verem de manhã. Tropecei em uma pessoa deitada. Quem seria?

Subitamente, para meu horror, uma voz aguda se fez ouvir:

— Moedas de prata! Moedas de prata!

Era o papagaio de Silver!

Todos acordaram sobressaltados. Já estavam de pé antes que eu me refizesse da surpresa.

— Quem está aí? — perguntou a voz forte de Silver.

Virei-me rapidamente. Tentei correr para fora. Bati violentamente contra alguém, que recuou. Colidi com um segundo homem, mas este me segurou.

— Traga luz, Dick! — exclamou Silver.

Um pirata saiu da casa e voltou com uma tocha na mão.

Parte 6

O CAPITÃO SILVER

25
NAS MÃOS DO INIMIGO

O clarão da tocha iluminou o interior do reduto e me mostrou o pior: os piratas tinham se apossado do forte e de nossas provisões! Eram eles que roncavam! Para aumentar meu pavor, não vi nenhum prisioneiro. Que teria sido feito de meus amigos? Havia seis piratas. Um gravemente ferido, com uma bandagem suja de sangue em torno da cabeça.

Silver ficou muito satisfeito com minha captura. Sentado em um barril de conhaque, encheu seu cachimbo.

— Logo vi que você era um rapaz inteligente. O capitão Smollett é um bom homem, mas muito preso às suas regras e disciplinas, e não suportou seu sumiço. O próprio doutor está magoado com você. Vive dizendo "Que ingrato". Garanto, você não pode voltar para seu pessoal! Eles não querem mais saber de você depois de seu ato de rebeldia. Só lhe resta aceitar a agradável acolhida do capitão Silver.

Ao ouvir essas palavras, fiquei mais aliviado que aflito. Meus amigos continuavam vivos! Perguntei o que acontecera com eles. O pirata, em tom cortês, continuou a falar:

— Já que está aqui, vou ser franco. Você é um rapaz corajoso, e isso me agrada. Lembro-me da época em que era como você, jovem! Você deve escolher de uma vez, Jim: ou está conosco, ou contra nós. Mas fique sabendo, seus amigos não querem mais saber de você. Dizem que é ingrato e não aceitarão recebê-lo de volta a seu grupo. Eu prevejo um grande futuro para você, meu galinho de briga. Será um cavalheiro, rico, se ficar de nosso lado. Mas que importa? Agora está em nossas mãos e, queira ou não, vai continuar.

Embora acreditasse nas palavras de Silver, de que meus companheiros estavam zangados comigo, insisti:

— Antes quero saber como vocês vieram parar aqui e onde estão meus amigos. Depois escolherei de que lado vou ficar.

— Ninguém está pressionando, Jim. Mas nem todos aqui têm tanta paciência como eu, saiba disso.

Alguns piratas resmungaram, concordando. Silver continuou:

— Pois bem, ontem o doutor Livesey apareceu em nosso acampamento com uma bandeira de trégua. O *Hispaniola* desapareceu — ele disse. — Capitão Silver, você foi traído e sumiram com o navio.

Para Silver, o desaparecimento da escuna era um completo mistério. Eu até me diverti por dentro. Ninguém podia imaginar que eu tomara posse da embarcação! Ele continuou:

— Nenhum de nós tinha pensado em vigiar o mar. Olhei em sua direção e, para minha surpresa, o *Hispaniola* não estava mais lá! O doutor disse que seria melhor fazer um trato, já que estávamos todos presos na ilha, sem maneira de sair. Concordei. Barganhamos. No final de contas nos deixaram as provisões, lenha e, principalmente, este forte aqui.

— Isso é tudo? — perguntei.

— Bem, isso é tudo que você vai ouvir, meu filho — Silver retrucou. — E agora, o que escolhe? Diga logo se está do nosso lado ou não, porque nem todos aqui têm tanta paciência como eu — disse novamente.

— Há uma ou duas coisas que preciso dizer — respondi, entusiasmado. — A primeira é que você perdeu o navio, o tesouro e muitos homens. Seu negócio inteiro está destruído. Se quer mesmo saber, perdeu tudo graças a mim! Eu estava no barril de maçãs na noite em que avistamos terra. Ouvi o que você, John, Dick e Hands, que por sinal agora está no fundo do mar, conspiraram. Tem mais: cortei o cabo da âncora do navio. E o levei para onde vocês nunca encontrarão. Ouça bem, Silver. Você me mete tanto medo quanto uma mosca. Preste atenção! Se me poupar, passado é passado. Quando você e seus companheiros forem ao tribunal por crime de pirataria, farei todo o possível para salvá-los. Reflita: é melhor poupar uma testemunha que os ajudará a se salvar da forca do que acabar comigo e ter mais um crime nas costas para pagar.

— Terei isso em mente, rapaz — disse Silver.

Sua resposta me surpreendeu. As palavras tinham um tom diferente, curioso. Fiquei em dúvida se estava fazendo piada. Ou se fora convencido por minha coragem.

Um murmúrio rouco veio dos outros.

— Silver, esse rapaz é nossa ruína — disse um.

— Roubou o mapa de Bill e pode aprontar muito mais — acusou outro.

— Vamos acabar com ele — disse Tom Morgan, sacando um punhal.

Queriam dar cabo de mim!

Morgan pulou em minha direção, ágil como se tivesse vinte anos. Silver o deteve, antes que me ferisse.

— Alto, lá! Pensa que é o capitão, Tom Morgan? Não me desafie! Ou vira comida de peixe.

O marinheiro permaneceu imóvel.

— Eu gosto desse rapaz — disse Silver. — Nunca encontrei um garoto melhor. Ele é mais homem do que qualquer rato desta casa. Ninguém toca nele! É minha ordem!

— Perdoe-me. Reconheço que o capitão é você. Mas peço uma reunião do conselho, para tomarmos uma decisão em comum — disse Morgan.

Houve um longo silêncio. Meu coração batia forte como um martelo. Silver ficou ao meu lado, controlando a fúria dos homens

Senti um raio de esperança. Olhando cruelmente em nossa direção, os piratas saíram para se reunir fora da casa. Silver ficou em silêncio, pensativo. Depois, disse em voz baixa, mas firme:

— Jim, você está a meia prancha da morte. E, o que é muito pior, da tortura. Mas estou do seu lado. Já estou furioso por perder dinheiro todo o tempo. Será pior se for enforcado. Vamos fazer um acordo.

Sussurrou, para não correr o menor risco de ser ouvido pelos outros:

— Seu testemunho pode me salvar da forca no futuro. Eu salvo o refém agora. Mais tarde, o refém salvará meu pescoço. É uma boa troca. Concorda?

Fiquei desconfiado e confuso. Sua atitude era inesperada, ainda mais vinda de um pirata experiente, cabeça de um grande motim. Ele continuou:

— Vai-se o navio, vai-se o pescoço, as coisas estão nesse pé. Quando olhei para o mar, Jim Hawkins, e não vi a embarcação... desanimei, apesar de ser um homem forte. Agora aqueles tolos foram se reunir longe de mim. Estão questionando minha autoridade. Eu vou ajudá-lo a se livrar deles. Com a condição de você me livrar da forca, se um dia for preciso. É necessário que me dê sua palavra.

— Se puder salvá-lo algum dia, farei o que puder — respondi.

— Deu a resposta certa. Estamos entendidos! — exclamou Long John.

Foi até a tocha espetada na pilha de lenha, para acender o cachimbo.

— Veja se me entende, Jim — disse, já de volta ao meu lado. — Estamos em grave perigo. Querem me substituir. Eu o defenderei agora, como já disse. Quando for possível, passarei para o lado de seus amigos. A verdade é que para os piratas o negócio fracassou.

Suas últimas palavras me causaram muita surpresa. Não entendia mais nada do que estava acontecendo. Fiquei ainda mais confuso quando ele me perguntou, simplesmente:

— Jim, por que será que o médico me deu o mapa do tesouro?

26
MAIS UMA VEZ, A MARCA NEGRA

O conselho dos piratas durou cerca de meia hora. Um deles voltou e pediu a tocha emprestada. Silver concordou com um gesto. O pirata voltou para fora, deixando-nos no escuro. Espreitei pela janela. A fogueira transformara-se num amontoado de brasas, que pouquíssima luz fornecia. Os conspiradores estavam reunidos em círculo. Enquanto um erguia o archote para fornecer luz, outro ajoelhava-se com um livro grosso nas mãos. Os outros observaram, inclinados, enquanto ele cortava uma página e escrevia alguma coisa. Em seguida, levantou-se, e o grupo caminhou de volta.

— Lá vêm eles — avisei.

— Não me preocupo. Ainda tenho uma carta na manga — disse Silver.

A porta se abriu. Um pirata, trêmulo, entregou um papel a Silver. Em seguida, escondeu-se atrás dos companheiros. Long John indagou:

— Onde vocês arrumaram este papel? Ah, sim. Vocês cortaram a página de uma Bíblia. Que desrespeito!

— O importante é que agora você não engana mais esta tripulação — disse George.

Silver olhou o papel desdenhosamente.

— A Marca Negra! Bem que eu desconfiava.

— Acabe com essa conversa mole, Silver — disse outro pirata, chamado George. — Esta tripulação lhe entregou a Marca, como mandam nossas regras. Agora vire o papel e veja o que está escrito. Só depois pode falar.

— Agradeço muito, George — respondeu Silver. — Bem, o que está escrito neste papel? Ah, sim... destituído. Está muito bem escrito, é sua letra? Parabéns! Ora, parece que está assumindo a plena liderança. Pretende ser capitão, George? Mas lembre-se: ainda sou o capitão.

O pirata encarou a todos:

— Querem se livrar de mim? Exponham suas queixas e eu responderei a cada uma. Até lá, esta Marca Negra não vale mais do que um biscoito.

— Vamos falar francamente — respondeu George. — Em primeiro lugar, você fracassou na viagem. Em segundo, deixou o inimigo sair livremente deste forte. A troco de quê? Em terceiro, você não nos permitiu persegui-los e acabar com eles de uma vez. Por último, e o mais importante! Não nos deixa dar um jeito nesse rapazinho!

— Já disse tudo o que tinha para dizer? — perguntou Silver tranquilamente.

— Por sua culpa podemos acabar na forca! — replicou George. — Sabemos qual é o seu jogo. Não é à toa que poupou nossos inimigos. Quer uma saída para o caso de as coisas se voltarem contra nós. Pretende ter amigos nos dois campos. Não é por outro motivo que quer poupar também esse rapazinho.

Sem demonstrar medo, Silver respondeu:

— Vou responder aos seus quatro pontos, George. Primeiro: fui eu que acabei com a viagem? Todos vocês sabem que eu queria iniciar o motim apenas quando o tesouro estivesse a bordo, por mil trovões! Bem, quem me desafiou? Quem forçou minha mão, quando eu era o capitão?

Ninguém se movia. Pela expressão de George e seus camaradas, as palavras de Long John não tinham sido ditas em vão. Silver continuou firmemente:

— Quem botou meus planos por água abaixo? Anderson, Hands e você, George Merry! Agora me acusa? Vocês sim nos colocaram nesta roubada!

Ouviu-se um murmúrio. Ele gritou:

— Atenção! Essa foi apenas a resposta para a questão número um!

Silver fez uma pausa e foi além:

— Você não tem nem sentimento nem memória, George. Vocês todos, o que estão pensando? Cavaleiros da fortuna! Sinceramente, não servem sequer para simples marinheiros!

— Vá com calma, Silver — disse George. — E os outros pontos, vai rebater?

— Ah, os outros! — respondeu ele ironicamente. — Vocês dizem que a viagem foi um fracasso. Com mil trovões, se vocês calculassem até que ponto chegou o fracasso, aí é que iam ver. Estamos tão perto da forca que meu pescoço está duro só de pensar nisso. Querem saber a respeito de Jim? Pois bem, falarei de Jim! Ele não é nosso refém? Vamos desperdiçar um refém? Ah sim, Jim foi a questão número quatro, mas não falamos da três. Eu deixei, sim, os outros partirem em paz. Agora o doutor vem cuidar dos doentes. Vocês não dão o menor valor ao fato de terem um médico, formado na universidade, para salvar suas carcaças? Você mesmo, George Merry, teve um ataque de malária recentemente. Também não sabem que um navio de apoio vai chegar? Não vai demorar muito, e vamos ficar contentes por ter um refém nas mãos, para negociar nossa liberdade. Finalmente, vamos voltar ao número dois. Por que fiz um trato? Vocês vieram se arrastando de joelhos desanimados e famintos, ansiando por uma solução. Teriam morrido de fome se eu não tivesse conseguido as provisões.

Silver olhou para todos e deu uma gargalhada.

— Querem saber? Até agora só falei de pouca coisa. Foi por isso que fiz o trato!

E jogou no chão um papel amarelado. Vi surpreso as três cruzes vermelhas. Sim, eu conhecia muito bem aquele papel! Eu o tinha encontrado dentro do baú do falecido Capitão.

Era o Mapa do Tesouro!

Por que o doutor havia entregado o mapa para Silver? Eu não conseguia entender. Mas, se para mim era inexplicável, para os piratas o aparecimento do mapa teve um efeito incrível. Saltaram sobre ele com a agilidade de gatos! Todos queriam olhar o mapa com as cruzes vermelhas. Riam entusiasmados, davam gargalhadas.

— Isto é de Flint, com certeza — disse um.

— É a assinatura dele, conheço esse J.F. com um traço embaixo — confirmou outro.

Mesmo assim, George enfrentou Silver.

— Para que tanta alegria? Como vamos transportar o tesouro, se não temos mais navio?

Silver deu um salto e disse firmemente:

— Vou avisar, George. Mais uma palavra atrevida e parto para uma briga de verdade. Ora, como? Eu é que devo saber? Você e todo esse bando são tão inúteis que perderam a escuna. É obvio que nem vale a pena perguntar mais nada, George, porque você não sabe responder. Mas quem é o melhor homem aqui? Você ou eu?

Todos olhavam para Silver, admirados. Ele gritou:

— Querem me destituir? Não é necessário. Eu mesmo me demito. Podem escolher outro para ser capitão!

Os piratas reagiram, exclamando:

— Silver! Churrascão para capitão! Churrascão para capitão!

— Agora o tom é esse, certo? Bem, é assim que devem falar, ou ficarei muito zangado, e não farei mais nada por vocês. George, vai ter que esperar para ser capitão. Sorte sua que não sou um homem vingativo. Está certo. Essa Marca Negra não significa nada, estamos esclarecidos? Eu continuo como capitão!

Mais uma vez, Silver vencera e continuava na liderança.

Assim terminou aquela noite. Fiquei muito tempo sem adormecer, atordoado pelos pensamentos. Refleti sobre o jogo espantoso de Silver: dar conta dos piratas com uma das mãos, enquanto com a outra se agarrava a todos os expedientes, possíveis e impossíveis, de ficar em paz conosco e salvar-se, caso fosse pego pela lei. Eu, de olhos arregalados. Ele, dormindo pacificamente, roncando alto. Senti pena, apesar de toda sua malvadeza. Pensei nos terríveis perigos que o ameaçavam e no laço da forca que o esperava.

27
PALAVRA DE HONRA

Acordei com o som de uma voz clara e firme:

— Pessoal do forte! Atenção! Aqui é o médico!

Era o doutor Livesey! Embora estivesse feliz em ouvi-lo, também senti muita preocupação. Pensei em minha conduta insubordinada, em minha fuga, e que, graças ao meu comportamento, estava prisioneiro dos piratas. Senti vergonha.

— Doutor — saudou Silver, bem-humorado. — Um ótimo dia para o senhor! George, ajude o doutor a pular para o lado de cá do navio! Tenho ótimas notícias: seus pacientes estão melhorando! Mas há uma melhor ainda! Imagine só, doutor, está aqui um novo hóspede! Tem ótima saúde, acredite! Adivin' quem é?!

O médico, que já passara para o nosso lado da paliçada, perguntou, com voz alterada:

— É o Jim?

— O próprio! — disse Silver.

O doutor estacou, em silêncio. Fez uma longa pausa. Só depois de alguns segundos voltou a falar, em tom neutro:

— Bem, bem. Primeiro o dever. Vamos passar os doentes em revista.

Ao entrar, somente me fez somente um aceno. Foi tratar dos piratas enfermos e feridos. Agia com tranquilidade, apesar do risco que corria entre aqueles homens traiçoeiros. Mas diante dele todos se acalmavam. Comportavam-se como se o doutor Livesey ainda fosse o médico da embarcação e eles todos, marinheiros fiéis.

— Está se recuperando bem — o doutor disse para um deles, com a cabeça enfaixada. — Sua cabeça deve ser dura como ferro!

Perguntou, de um em um, se tinham tomado os remédios oferecidos por ele mesmo. Insistiu para que seguissem o tratamento, sempre gentil:

— Faço disso uma questão de honra! Não quero perder um só homem!

— Dick não se sente bem, doutor — avisou um deles.

— Não? — respondeu o doutor. — Venha cá, Dick. Deixe-me ver sua língua.

Após examiná-lo, exclamou:

— Está com febre.

O doutor Livesey continuou, severamente:

— Isso é culpa de vocês mesmos. Vão sofrer muito para tirar a malária do corpo. Como puderam acampar num charco? Silver, sei que não é tolo. Mas parece não ter noção das regras da boa saúde.

Pelo seu comportamento, o doutor acreditava que todos estavam com malária, já que haviam montado seu primeiro acampamento no pântano. Quando terminou de examinar um por um, acrescentou:

— Por hoje, com vocês, é só. Agora quero ter uma conversa com aquele rapaz ali, por favor.

Acenou a cabeça em minha direção. George Merry estava na porta, com cara de mau humor, após ter tomado o remédio. Exclamou:

— De jeito nenhum!

Silver bateu a mão espalmada no barril. Rugiu, olhando em torno como um leão.

— Silêncio!

Em seguida, voltou a falar no tom habitual:

— Doutor, eu estava pensando nisso... Sabemos como gostaria de conversar com ele... Estamos muito gratos por sua bondade em nos tratar. Sei que cuida bem de todos nós e nos dá bons remédios. Por isso, abrirei uma exceção, e permitirei que conversem. Jim, você me dá sua palavra de honra de que não tentará fugir?

Imediatamente, disse sim.

— Então, doutor — continuou Silver —, quando estiver do outro lado da cerca, levo este rapazinho para conversarem. Tenha um bom dia. Mande minhas lembranças ao fidalgo e ao capitão Smollett.

Os piratas não gostaram do tom amável de Silver. Mal o doutor Livesey saiu, o acusaram de fazer jogo duplo para salvar a própria pele. Intimamente eu concordava com eles. Silver estava, descaradamente, sendo simpático para garantir um testemunho favorável de sua parte, mais tarde. Era tão óbvio! O pirata sempre me surpreendia. Cada vez que eu achava que estava por baixo, tornava-se duas vezes mais firme e ousado. Com a vitória da véspera ganhara *status* sobre os outros homens. Portanto, ao ser acusado, soltou a língua sem piedade. Disse que eram cretinos, desmiolados!

Declarou ser indispensável deixar o doutor falar comigo, para manter o bom relacionamento. Frisou que era preciso respeitar o trato. Ergueu o mapa. Afirmou que, em seguida, partiriam em busca do tesouro.

Virou-se e saiu. Fui atrás. Assim que o alcancei, ele colocou a mão no meu ombro. Andamos devagar até a paliçada. O doutor esperava do lado de fora, como combinado. Silver conversou com ele, em tom amigável.

— Doutor, Jim lhe contará como salvei sua vida. Quando chegar a hora, no tribunal, falará a meu favor? Pedirá clemência?

— Do que tem medo, Silver? — perguntou Livesey.

Ele continuou, torcendo as mãos:

— Não sou covarde. Mas a forca é o meu maior pesadelo. Estamos em um momento onde tudo pode acontecer. Tenho medo de ser capturado, e mais tarde, condenado! Esse é meu desespero! Doutor, sei que é um homem bom. Nunca em minha vida conheci um ser humano melhor! Não se esqueça de mim quando tudo isso terminar.

Parou de falar, colocou a mão no meu braço e mudou o tom de voz:

— Lembre-se do que me prometeu, rapaz.

Tossiu brevemente, afastando-se:

— Podem falar a sós!

Sentou-se em um tronco de árvore caído. Assobiava, olhando de vez em quando para mim e para o doutor. Às vezes para os piratas, mais ao longe, ocupados com a primeira refeição.

— Sabe, Jim — disse o doutor, com tristeza nos olhos —, o céu sabe como eu não gostaria de ser duro com você. Mas o que vou lhe dizer precisa ser dito, mesmo que não o agrade. Você fugiu quando o capitão Smollett estava doente, quando ele mais precisava. Foi covardia, Jim.

Comecei a chorar:

— Doutor, eu já me culpei o bastante. Eu já estaria morto, se não fosse por Silver, que me protegeu. Morro de medo. E se esses piratas me torturarem? Eu acho que tem muita chance de isso acontecer!

— Jim — o doutor interrompeu, com um outro tom de voz —, não quero ouvir mais nada. Pule a paliçada e fuja comigo!

— Não posso, doutor. Dei minha palavra!

— Eu sei, eu sei... Mas não posso deixar você aqui. Pule! Vamos correr, ninguém nos alcançará!

— Não — respondi —, nenhum de nós faria isso. Silver confiou em mim. Minha palavra tem valor. Ficarei, mesmo como prisioneiro. Mas, doutor, ainda não terminei. Tenho medo de que, se me torturarem, eu diga onde está a embarcação.

— O navio?

— Sim, doutor, eu me apossei do *Hispaniola*! Parte por sorte, mas também com grande risco. Ele está na Baía do Norte.

Falei tudo que me acontecera. Ele me ouviu em silêncio. Refletiu:

— Você tem um papel importante em nossos destinos, Jim. Tudo que faz, de um jeito ou de outro, acaba por salvar nossas vidas. Acha que posso abandoná-lo? Isso sim, seria traição, rapaz! Você descobriu o complô. Encontrou Ben Gunn. Agora se apossou do navio. Fuja comigo, agora!

— Eu não posso quebrar minha palavra!

— Que Deus o abençoe! — disse a meia voz, concordando.

Em seguida, chamou Silver.

— Ouça meu conselho: Não vá com muita sede ao pote. Não tenha pressa em encontrar o tesouro.

— Por que, doutor? — perguntou Silver. — É isso que salvará minha vida e a de Jim.

— Se é assim, mais um aviso. Tome cuidado, muito cuidado.

Silver queixou-se:

— Diga o que realmente pretende, de homem para homem. Abandonou o forte com seus amigos e me entregou o mapa. É tudo muito estranho. Fiz seu jogo de olhos fechados, mas não pense que sou inocente! Agora é demais. Tem que me explicar tudo, claramente!

— Não posso dizer mais nada — replicou o médico. — O segredo não é só meu, Silver! Senão, palavra que contava tudo!

Os olhos de Silver iam de um lado a outro, tentando entender. Suava na testa. O doutor Livesey afirmou.

— Dou minha palavra que, se sairmos vivos daqui, farei tudo que puder para salvá-lo, Silver. Portanto, cuide bem do garoto. Preste atenção. Se precisarem de ajuda, chame. Viremos sem falta. Adeus, Jim!

O doutor Livesey apertou minha mão através das estacas. Acenou para Silver. E, com passos rápidos, penetrou na floresta.

28
CAÇA AO TESOURO

Quando ficamos a sós, Silver declarou:

— Jim, se eu salvei sua vida, você agora salvou a minha. Não me esquecerei disso. Ouvi quando o doutor lhe propôs fuga e também sua resposta. Se tivesse perdido um refém como você, os outros não me perdoariam. Ouça bem, Jim, vamos participar de uma caça ao tesouro. Haverá ordens rígidas, mesmo que eu não goste de imposições. Há muita coisa que não compreendo ainda, e tudo pode se virar contra mim de repente. Temos que ser cuidadosos para salvar a nossa pele!

A refeição estava pronta. Sentamos sobre a areia para comer biscoito e porco salgado[33] frito, certamente vindo das provisões do navio. Silver disse, com a boca cheia de toicinho:

— Companheiros, vocês têm sorte em ter este Churrascão aqui para pensar por vocês. Já soube que eles estão com o navio. Onde, não imagino. Mas vamos descobrir, quando o tesouro for nosso.

Com essa frase, ele restabeleceu a esperança dos piratas. Ainda mais, a confiança de todos nele próprio.

— Soube disso por causa do nosso refém — continuou. — Eu o levarei preso a uma corda, quando buscarmos o tesouro. Mais tarde, no mar, na volta, daremos a parte de Jim!

Os homens riram — eu podia imaginar bem que a minha parte não seria nada agradável. Agora todos estavam de bom humor. Eu não! Silver traía duplamente. Tinha um pé em cada acampamento. Mas não havia dúvida! Ele preferia a riqueza e a liberdade dos piratas a corer o risco de ser enforcado. Se ficasse de nosso lado, sua única perspectiva seria o julgamento e o risco de uma condenação. Ele sabia disso perfeitamente e, sem dúvida, nos encarava como a última alternativa.

Saímos, em busca do tesouro.

Formávamos um grupo bizarro. Os marinheiros, armados até os dentes — menos eu, obviamente. Silver portava várias armas: uma na frente e outra atrás. Sem falar do grande alfanje na cintura. Para completar a estranheza de seu aspecto, o papagaio ia no seu ombro, tagarelando sem parar. Eu vinha atrás, com uma corda amarrada à cintura. Era obrigado a seguir Silver, que segurava a corda ora com a mão livre, ora entre os dentes. Alguns piratas carregavam picaretas e pás, que haviam trazido do *Hispaniola*. Outros levavam carne de porco salgada e pão.

Quando chegamos à praia, nos dividimos em dois botes, para chegarmos mais rapidamente à localização do tesouro. As indicações eram, conforme você, leitor, deve estar lembrado:

> *Árvore alta nas colinas do Monte da Luneta, na parte Norte, e NL da Ilha do Esqueleto SL e a Leste.*
>
> *Dez passos.*

Portanto, uma árvore alta era a indicação principal. Mistério. O topo do planalto era pontilhado por árvores de alturas variadas, de espécies diferentes. Qual a correta? Só saberíamos no local.

Quando chegamos à praia, fomos na direção indicada. No início, o chão era lamacento. Havia muita vegetação, o que dificultava nosso progresso. Mas, quando chegamos à colina, o terreno se tornou íngreme e pedregoso. As árvores cresciam de forma mais esparsa. Era uma região mais agradável, com arbustos e muitas flores, algumas bem perfumadas. O ar puro refrescava nossos sentidos. Os piratas andavam entusiasmados. No centro do grupo, continuávamos Silver e eu, sempre amarrado pela corda.

Caminhamos metade de uma milha[34]. Na borda do planalto, um homem gritou, aterrorizado! Todos os outros correram em sua direção. Um esqueleto humano, com alguns farrapos de pano presos nos ossos, nos esperava ao pé de um pinheiro bem alto. Todos ficaram estarrecidos.

[34] Corresponde a 800 metros, aproximadamente.

George Merry examinou os trapos.

— Era um marinheiro— concluiu.

Silver retrucou:

— Você esperava encontrar um palhaço de circo por aqui, esperava? Veja bem! Sua postura não é natural: os pés estão retos, apontados para algo. As mãos apontam para o lado oposto.

A posição do cadáver era a mesma da bússola! Apontava para o Norte e, muito provavelmente, na direção do tesouro!

— Por mil trovões! Isso me lembra Flint e seu estranho senso de humor. Essa é uma das suas piadas, sem dúvida alguma — comentou Silver. — Até onde sei, ele e seis homens vieram enterrar o tesouro. Flint matou um a um. Colocou este aqui na forma de uma bússola! Pelo seu aspecto e pela cor do cabelo, creio que era o Allardyce. Lembra-se dele, Tom Morgan?

— Sim, sim — respondeu Morgan. — Como vou me esquecer? Ele me devia dinheiro. Além do mais, roubou meu facão!

— Por falar em facões — adiantou outro —, por que o dele não está aqui, caído no chão? Flint não roubaria um simples facão, era orgulhoso demais para isso! Os pássaros também não!

— Tem razão! — exclamou Silver. — Onde foi parar esse facão?

George Merry revistou no meio dos ossos.

— Nem uma moeda de cobre nem pertences pessoais. É muito esquisito.

— Tem algo estranho acontecendo — concordou Silver.

Depois, olhando o esqueleto, comentou:

— Caramba! Pessoal, se o Flint fosse vivo, estaríamos encrencados! Trouxe seis piratas. Não sobrou nenhum. Ele acabaria com qualquer um que se aproximasse do tesouro.

Morgan murmurou, como se estivesse falando consigo mesmo:

— Mas Flint já se foi. Senão eu mesmo não me arriscaria. Só estou aqui porque vi o corpo de Flint, antes de ser enterrado.

— Flint morreu como um homem mau! — exclamou o pirata com a bandagem na cabeça.

— Ele se enfurecia por qualquer coisa. Bebia demais. Cantava sem parar aquela musiquinha... *Quinze homens na arca do morto...* Mesmo depois que ele morreu, ainda tinha a impressão de ouvir sua voz cantando — emendou Merry.

— Desde a morte de Flint, não consigo mais ouvir essa música — emendou outro.

Silver interrompeu a conversa:

— Vamos, vamos, chega de papo-furado. Ele está morto, não há por que ter medo! Em frente! Vamos lá procurar esses dobrões de ouro.

Continuamos. Os piratas já não corriam. Nem gritavam. Caminhavam lado a lado, aterrorizados pela visão do esqueleto. Ao chegarem ao cume, sentaram-se. De lá víamos o mar aberto e a rebentação. A grandeza da paisagem aumentava nossa sensação de solidão.

Silver observou a bússola. Depois, disse:

— Há três árvores altas sobre a linha onde está o tesouro. Vai ser fácil como uma brincadeira de criança!

Todos concordaram com Silver, mas o som de suas palavras sequer quebrava o silêncio da floresta. De repente, uma voz fina, alta e trêmula, começou a cantar, no meio das árvores à nossa frente:

Quinze homens na arca do morto.
Aiou-o-o-o.

Os piratas empalideceram. Grudaram um no outro, aterrorizados. Morgan se atirou ao chão.

— É Flint, é o fantasma de Flint! — apavorou-se Merry.

A canção parou no meio de uma nota, como se alguém vesse colocado a mão na boca do cantor.

239

— Vamos continuar — insistiu Silver, com voz fraca. — A mim me parece estranho que um fantasma possa cantar. É alguém de carne e osso!

A mesma voz recomeçou. Não cantava mais. Só chamava debilmente, repetidas vezes:

— Darby M'Graw, Darby M'Graw!

Os piratas permaneceram presos ao chão, com os olhos arregalados. Muito tempo após a voz se extinguir, ainda estavam em silêncio.

— Estas foram as últimas palavras de Flint — Morgan gemeu. — As últimas, antes de deixar este mundo. Ele chamou por Darby M'Graw!

Todos estavam apavorados, menos Silver. Agia como se ouvisse uma voz tagarelando em sua cabeça. Não se rendera, nem pretendia se render. Silver era invencível!

— Ninguém aqui na ilha tinha ouvido falar de Darby — murmurou. — Pelo menos, não os que estão aqui.

Com grande esforço, acrescentou:

— Colegas de bordo, estou aqui para buscar um tesouro. Não desistirei, não vou me apavorar com um fantasma! Imaginem! Nunca tive medo de Flint vivo. Menos ainda dele morto. Nada vai me deter!

Nem isso trouxe de volta a coragem dos seus seguidores, que continuavam bastante apavorados. Eram capazes de fugir dali, sem pensar mais em tesouro nenhum!

— Não é fantasma! — garantiu Silver. — Havia um eco na sua voz. Fantasma tem sombra? Não tem! Se não tem sombra, também não pode ter eco!

Achei o argumento bem fraco. Mas nunca se sabe o que pode afetar um homem supersticioso. George Merry, por exemplo, ficou muito aliviado.

— Bem, se é assim... não há fantasma algum — disse ele. — Você tem a cabeça no lugar, John. Não se deixa enganar.

— O timbre era de Flint, eu concordo. Mas existia outra pessoa com voz parecida, rapazes. Ben Gunn! — lembrou Silver.

— Ninguém nunca prestava atenção a Ben Gunn — concordou Merry. — Mas é verdade, ele embarcou com Silver, e cantava igualzinho a ele.

— Quem tem medo de Ben Gunn? — perguntou Silver, com uma sonora gargalhada.

Logo, conversavam entre si, mais calmos. Depois, pegaram suas ferramentas e seguiram adiante. Merry ia à frente, com a bússola. Dick ainda olhava ao redor, com medo. Realmente, parecia enjoado. Febril.

Alcançamos as três árvores altas. Fizemos as verificações necessárias, de acordo com as instruções do mapa. A terceira tinha quase duzentos pés[35] de altura. Espalhava uma sombra imensa. Era equidistante do mar tanto a leste quanto a oeste. Poderia, sim, ter sido usada como um marco! Entretanto, não foi seu tamanho que impressionou meus companheiros. Mas sim a perspectiva de encontrar uma enorme fortuna enterrada embaixo dela. A imaginação daqueles homens foi inundada pela fantasia de uma vida luxuosa, extravagante.

Exaltado, Silver falava em voz alta, ria e já comemorava a futura riqueza. Moscas rodeavam seu rosto vermelho e suado. De vez em quando, me encarava com raiva e dava puxões na corda que me prendia. Não escondia seus pensamentos. Agora, não se importava mais com a promessa feita ao doutor. Só queria se safar com o tesouro. Pretendia me forçar a dizer onde estava o *Hispaniola*. Pior: protegido pela

[35] Correspondem a aproximadamente 60 metros.

escuridão da noite, cortaria a garganta de todas as pessoas hones-
tas que houvesse na ilha. Depois, carregado de riquezas e crimes,
fugiria no mundo, como pretendera fazer desde o princípio.

O entusiasmo era tanto que eles praticamente corriam. Preso na corda, era difícil manter o ritmo acelerado dos piratas. De
vez em quando eu tropeçava. Silver dava mais um tranco e me
lançava outro olhar assassino. Dick vinha por último, balbuciando
maldições, com a febre crescendo a olhos vistos. Isso só aumentava
meu mal-estar. Eu estava assombrado pelo pensamento da tragé-
dia que já ocorrera naquele lugar, quando o capitão Flint matara
seus seis cúmplices com as próprias mãos. Subitamente, Merry,
que ia à frente, gritou com voz estridente:

— Venham, venham depressa!

Todos correram em sua direção. Um a um, todos davam um
grito de espanto e terror ao chegar. Silver apressou o passo. Chegamos a uma grande escavação. Não muito recente, pois os lados
tinham desabado. No fundo, a grama brotara. Havia também um
cabo de picareta quebrado e tábuas espalhadas. Numa dessas tábuas, vi o nome *Walrus*. Esse era o nome do navio de Flint!

Mas o buraco estava vazio. Alguém chegara antes de nós!

O tesouro desaparecera!

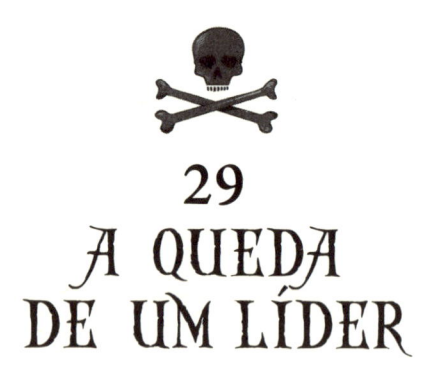

29
A QUEDA
DE UM LÍDER

Os piratas estavam paralisados, como se atingidos por um raio! Silver foi o primeiro a se recuperar — saiu do choque quase imediatamente. Manteve a cabeça no lugar e mudou de planos antes de os outros se recuperarem do desapontamento. Era rápido para tomar decisões, o que eu já testemunhara várias vezes.

— Jim, tome cuidado — cochichou, soltando a corda que me prendia. — Vai haver barulho.

Deslocou-se agilmente, buscando uma posição mais favorável. Fiz o mesmo. Ficamos em frente aos cinco piratas restantes, separados somente pelo buraco. Silver me lançou um rápido olhar. Fez um movimento com a cabeça. Foi fácil entender o que queria dizer. Nada mais nada menos do que "estamos encurralados".

Enquanto isso, os piratas, soltando pragas e berros, saltaram, um após outro, para dentro do buraco. Uns cavavam com as mãos. Outros chutavam as tábuas. Morgan encontrou uma moeda. Exibiu-a juntamente com uma série de palavrões. Só valia dois guinéus[36] e correu durante alguns segundos de mão em mão.

— Dois guinéus! Somente dois guinéus! — rugiu George Merry, encarando Silver. — Este é seu tesouro, é? Você, que é esperto para fazer tratos, explique onde está o tesouro. Ou nos trouxe até aqui somente para achar dois guinéus?

Silver permaneceu em silêncio. Merry continuou:

— Vejam a cara de pau desse homem! Ele já sabia de tudo e nos traiu!

— Ah, Merry — observou Silver. — Está acreditando de novo que se tornou capitão? Você é bem corajoso por me enfrentar duas vezes.

[36] Como mencionado, o guinéu foi a primeira moeda de ouro britânico. feita a máquina. O nome, não oficial, veio de Guiné (região), na África, de onde, via Portugal, se originava boa parte do ouro usado para cunhar as moedas de guinéu.

Mas agora todos estavam a favor de George Merry. Saíram do buraco com olhares furiosos. Uniram-se à nossa frente.

Merry avaliou a situação e incitou os companheiros:

— Companheiros, há dois deles do lado de lá. Um é o pilantra que nos trouxe até aqui. O outro é aquele rapazinho, de quem pretendo arrancar o coração.

Levantou o braço, para dar o sinal de ataque, e gritou:

— Agora!

Mas, então — *crac, crac, crac* —, três tiros de mosquete flamejaram da mata! Atingido, Merry caiu dentro da cova, soltando seu último suspiro. O pirata com a bandagem em volta da cabeça contorceu-se, também atingido, e desabou no chão, morto. Dick, que já estava muito mal, caiu, tomado pela febre, em seus momentos finais. Os outros três fugiram, correndo com todas as suas forças.

O doutor, Gray e Ben Gunn saíram do meio dos arbustos, armados com mosquetes. Rapidamente, o médico avaliou a situação, gritando:

— Corram! Temos que cortar o caminho deles até os botes!

Corremos, perseguindo os piratas. Preciso ser justo: Silver nos acompanhou, como se fosse membro de nosso grupo. Seu peito parecia estourar, de tanto esforço. O papagaio gritava. Ele estava trinta jardas[37] atrás de nós, quando alcançamos a beira do declive.

[37] Corresponde a 28 metros, aproximadamente.

— Doutor, acalme-se! Não tenha pressa! — gritou Silver.

Era verdade, não havia mais necessidade de correr. Os piratas haviam escolhido uma péssima direção e, para chegar aos barcos, teriam que passar por nós. Tranquilizados, aproveitamos para colocar a respiração no lugar.

— Agradeço sua gentileza, doutor — disse Silver, limpando o suor do rosto. — Chegou na hora certa. Você também Gray! Ben Gunn, que agradável surpresa nos encontrarmos! Como vai?

Meio atrapalhado como sempre, Ben respondeu:

— Sobrevivi apesar de tudo, Silver.

O doutor Livesey pediu para Gray buscar um dos machados abandonados pelos amotinados. Depois, na descida em direção aos botes, o doutor nos contou o que acontecera. Graças às minhas indicações, ele se encontrara com Ben Gunn, levara um bom pedaço de queijo, e ambos tinham se dado muito bem. Ben fora herói do princípio ao fim. Há algum tempo, ao percorrer a ilha, ele descobrira o esqueleto. Graças à posição apontada pelos ossos, encontrara o tesouro. Depois de desenterrá-lo — era dele o cabo da picareta que achamos — o escondera em sua caverna. Já estava armazenado em segurança dois meses antes da chegada do *Hispaniola*.

Ben Gunn contara esse segredo ao doutor na tarde após o ataque, enquanto eu fugia. Os dois se entenderam e fizeram um acordo em que todos ganhariam. Na manhã seguinte, o doutor vira o ancoradouro vazio e imaginara, como todos, que a escuna tinha se perdido no mar. Achou que seria melhor para o grupo deixar o forte e abrigar-se na caverna de Ben Gunn. Fora até Silver e fez um acordo de paz. Também lhe entregou o mapa que, na verdade, já não servia para nada. Deixou também as provisões, pois na caverna de Ben Gunn havia muita carne de caça. Fez o tratado para se mudar com nossos amigos para a colina em segurança. Era um lugar muito melhor, pois ficariam longe da malária. E, principalmente, manteriam o tesouro em segurança.

Enquanto os rebeldes se concentravam no forte, o doutor e os outros vagueavam tranquilamente pela ilha. Só se preocupavam por não saberem o que tinha acontecido comigo. Naquela manhã, depois me encontrar no forte, prisioneiro, ele tinha voltado à caverna. Deixou lorde Trelawney cuidando do Capitão Smollett e guardando o tesouro. Com os outros, atravessou a ilha em diagonal para nos alcançar. Mas os piratas estavam a uma boa distância. Ben Gunn, que conhecia melhor a ilha e, portanto, sabia se mover mais rapidamente, foi na frente. Ao ver a sensação causada pela descoberta do esqueleto, resolveu assustar os piratas, cantando com a voz de Flint. O estratagema atrasou os rebeldes, e o doutor, com Gray, conseguiu alcançá-lo. Decididos a intervir quando fosse preciso, os três acompanharam a sequência de acontecimentos, incluindo o desapontamento pelo sumiço do tesouro e a briga final.

— Não podíamos permitir que nada acontecesse com você, Jim — disse o doutor.

Silver, que escutara toda a história em silêncio, disse:

— Quer dizer que, se eu não estivesse com esse rapazinho, não teriam tido compaixão por esta velha carcaça!

— Não tenha dúvida! — disse o doutor alegremente.

Silver me olhou emocionado, como se agradecesse a mim por sua salvação. A bem da verdade, era graças a mim que ele estava inteiro. Como o próprio doutor Livesey dissera, por saber que eu seria obrigado a acompanhar a caça ao tesouro é que ele, Gray e Ben vieram me salvar.

Chegamos aos botes. O doutor, com o machado, destruiu um deles, para que os piratas restantes não pudessem utilizá-lo. Subimos no outro e partimos para Baía do Norte. Ficava a uma distância de oito ou nove milhas[38] de onde estávamos. Remamos. Quando passamos a colina, avistamos a caverna de Ben Gunn. Squire Trelawney estava de pé, em frente, e trocamos saudações. Silver também acenou, como se nada houvesse acontecido.

Três milhas depois, já no interior da enseada, encontramos o *Hispaniola*. Durante a última maré, ele desencalhara. Se houvesse muito vento ou uma corrente forte, poderíamos ter perdido nosso navio para sempre! Retiramos outra âncora do porão, prendemos no cabo e imobilizamos a embarcação. Gray permaneceu a bordo, para guardar o *Hispaniola* durante a noite. Voltamos para o bote e remamos para um ponto próximo à caverna de Ben Gunn.

Andamos até ela. O fidalgo nos esperava na entrada e nos saudou cordialmente. Em nenhum momento fez comentários sobre a minha fuga. Não elogiou nem censurou. Porém, ficou vermelho de raiva ao ouvir a saudação de Silver e respondeu:

— Long John Silver, você é um dos maiores tratantes que já conheci. Um impostor monstruoso. Pediram para que eu não o incomodasse com minhas palavras. Está certo, não o incomodarei! Mas ouça bem! Houve homens que morreram por sua causa, Silver! Carregue o remorso na consciência!

— Muito agradecido, meu bom fidalgo! — retorquiu Silver, com uma continência, como se tivesse recebido um elogio.

— Ainda se atreve a me agradecer?! — espantou-se o fidalgo. — Ah, é melhor não me irritar com você.

Depois, nos convidou com um sinal:

— Vamos entrar na gruta.

Era bem ampla e arejada. Dentro, havia uma pequena nascente e uma fonte de água límpida. O chão era coberto por areia grossa. O capitão Smollett estava deitado em frente a uma fogueira, ainda em recuperação. A um canto, um pouco mais distante, pude ver grandes montes de moedas e pilhas de barras de ouro. Era o tesouro de Flint! Um tesouro que já custara a vida de dezessete tripulantes do *Hispaniola*.

Pensei em quantas vidas haviam se perdido por causa daquele ouro. Quanto sangue fora derramado. Quantos navios foram a pique. Quantas lágrimas rolaram pelo rosto de marujos, piratas e de suas famílias. Aquela fortuna era responsável por muita tristeza!

Smollett me chamou.

— Venha cá, Jim. Como está? Você é um bom rapaz, só que faz as coisas do seu jeito. Não creio que voltaremos a navegar juntos. Mas tem sorte, e devo reconhecer que nos ajudou muito!

Surpreso, olhou para na direção do pirata:

— É você, John Silver? Que veio fazer aqui?

— Voltei para cumprir com meu dever como cozinheiro, capitão! — Silver respondeu, com falsa humildade.

— Ah! — exclamou o capitão.

E não disse mais uma palavra, incomodado.

O papagaio ainda gritou umas palavras, mas nenhum de nós se importou.

Silver preparou um cabrito delicioso para o jantar. Voltou a ser o mestre-cuca polido e cortês do início da viagem.

No fundo da gruta, o ouro de Flint brilhava à luz do fogo.

30
FIM

Na manhã seguinte, transportamos todo o ouro por terra até a praia. Depois, de bote até o *Hispaniola*. Era uma tarefa enorme para tão poucos homens. Não nos preocupamos com os três piratas ainda à solta na ilha. Bastava apenas uma sentinela no alto da colina para nos prevenir contra qualquer ataque de surpresa.

Embora fôssemos poucos, trabalhamos com rapidez. Gray e Ben Gunn vinham e voltavam para o bote, enquanto os outros, na sua ausência, empilhavam o ouro na praia. Duas barras, suspensas na ponta de um cabo, já eram pesadas para um adulto. Tal carga obrigava a andar devagar, e o transporte demorou mais do que prevíamos. A mim, deram um trabalho mais leve. Fiquei na gruta para encher sacos de moedas (usamos os sacos de mantimentos que estavam vazios na embarcação). Ah, as moedas! Era uma coleção extraordinária, pela variedade. Semelhante ao pé de meia de Billy Bones, mas em muito maior quantidade. Senti uma enorme satisfação em separá-las. Inglesas, francesas, espanholas, portuguesas... Vi as figuras de todos os reis da Europa dos últimos cem anos. Também havia moedas estranhas do Oriente, cunhadas com marcas que lembravam bordados, ou pedaços de teias de aranha. Peças redondas e quadradas. Também furadas no meio, como se fossem para serem usadas ao pescoço. Tenho certeza de que havia exemplares de todo o dinheiro do mundo!

Silver podia vaguear em liberdade. Mas só era bem tratado por Ben Gunn, que ainda temia seu antigo chefe. E por mim, que realmente tinha que lhe agradecer a vida — embora também tivesse motivos para pensar o pior dele. Era notável como ele suportava o desprezo alheio. Com cortesia infatigável, ele tentava agradar a todos.

No fim do terceiro dia desse trabalho, passeava com o doutor, à noite, na borda da colina, quando o vento nos trouxe o som de gargalhadas e cantoria. Em seguida, novamente o silêncio. Eram os piratas restantes. Silver estava próximo, e o doutor lhe perguntou:

— Estão bêbados ou loucos?

— Pouca diferença faz, para o senhor ou para mim — retorquiu o cozinheiro.

— Pode estranhar meus sentimentos, Silver — continuou o doutor. — Mas, se tivesse a certeza de que estavam delirando, arriscaria a minha carcaça para lhes dar assistência. É meu dever como médico.

— Perdoe-me, mas faria muito mal — atalhou Silver. — Sua vida estaria em risco. Garanto!

Olhou a fogueira ao longe e concluiu, com voz mansa:

— Aqueles lá são incapazes de cumprir a palavra... Como não cumprem a própria, não acreditariam que o senhor cumpre a sua. Veriam mentira, onde só há verdade.

— Tem conhecimento de causa, Silver. Afinal, é um homem de palavra, já sabemos disso — ironizou o médico.

Antes de partir, fizemos uma reunião e decidimos abandonar os piratas restantes na ilha. Com imensa alegria, devo dizer, por parte de Ben Gunn. E total aprovação de Gray. Na caverna, deixamos pólvora e balas, carne de cabra salgada, alguns remédios, ferramentas, roupas, uma vela e um rolo de corda. Assim poderiam caçar e sobreviver até a chegada de um resgate.

Transportamos bastante água e carne de caça salgada para a embarcação. Finalmente, em uma bonita manhã, levantamos âncora e deixamos a Baía do Norte com a bandeira inglesa hasteada no mastro — a mesma que o capitão colocara no início da viagem e sob a qual lutara na paliçada.

Os três amotinados estavam mais próximos do que pensávamos, conforme descobrimos a seguir. Na saída, passamos perto do ponto sul. Os três se ajoelhavam numa ponta de areia, com os braços erguidos em súplica. Para nenhum de nós foi fácil vê-los assim. Mas não podíamos nos arriscar a enfrentar outro motim. Além do mais, trazê-los conosco implicava denunciá-los. Seriam condenados à forca e, no final de contas, nossa atitude seria mais cruel ainda. O doutor fez uma saudação. Avisou, aos gritos, sobre as provisões deixadas, e onde as encontrariam. Eles continuaram chamando pelo nosso nome, pedindo misericórdia.

Ao constatar que o navio não mudara de rumo para resgatá-los, um deles ficou de pé de repente. Com um grito rouco, atirou com seu mosquete. A bala passou sobre a cabeça de Silver e atravessou a vela principal.

Rapidamente nos abrigamos atrás da amurada, e o navio seguiu. Quando olhei para fora novamente, não os vi mais. Antes do meio-dia, para minha alegria, o pico mais alto da Ilha do Tesouro havia desaparecido no círculo azul do mar.

Éramos tão poucos! O capitão dava as ordens estendido sobre um colchão na popa, pois ainda estava de repouso. Todos nós trabalhamos o tempo todo para manter o percurso. Seria impossível chegar à Inglaterra com tão pouca tripulação. O capitão fixou o ponto de chegada no porto mais próximo da América espanhola e, mesmo assim, tivemos dias exaustivos.

Afinal, em um pôr do sol, lançamos âncora em um belo golfo. Fomos imediatamente rodeados pelas canoas da população local. Vendiam frutas e legumes e se ofereciam para nos trazer peixes por algumas moedas. A visão de tantas faces sorridentes foi encantadora. Mais tarde, as luzes brilharam na cidade. Foi uma sensação incrível. Era um maravilhoso contraste com nossa estadia cheia de perigos na ilha.

O doutor e Squire Trelawney resolveram passear na praia e me convidaram para ir com eles. No porto, conhecemos um capitão inglês, que nos convidou para jantar a bordo do seu navio de guerra. O encontro foi tão agradável que voltamos ao *Hispaniola* já de madrugada.

Ben Gunn estava sozinho no tombadilho e nos contou que Silver fugira. Confessou que o ajudara em seu intento, pois queria nos proteger e, na sua opinião, o melhor era ver o cozinheiro e pirata bem longe. Enumerou as razões pelas quais achava que nossa vida estaria em perigo, caso "aquele homem tivesse ficado a bordo". Lamentou-se porque só depois percebeu que Silver não partira de mãos vazias. Levara um dos sacos de moedas, para continuar sua vida errante.

Todos ficaram muito satisfeitos por termos nos livrado dele.

Para encurtar uma história já longa, contratamos uma nova tripulação e partimos. Tivemos uma excelente viagem de regresso, e o *Hispaniola* alcançou Bristol quando o senhor Blandly estava começando a equipar seu navio para nos resgatar.

Dividimos o tesouro entre nós, dando também uma parte para os pobres e pagando os impostos devidos. Cada um recebeu uma boa parte do tesouro, e a utilizamos com sabedoria ou tolamente, de acordo com nosso modo de ser.

O Capitão Smollett recuperou-se dos ferimentos, mas decidiu se aposentar. Hoje vive tranquilamente com a família, em uma linda casa no campo. Gray não somente economizou seu dinheiro, como resolveu estudar e subir na vida. Hoje é proprietário de um belo navio de mercante, casou-se e tem filhos.

Quanto a Ben Gunn, aconteceu tudo ao contrário. Dilapidou sua parte em três semanas! Ou, para ser mais preciso, em dezenove dias. No vigésimo já estava pedindo mais dinheiro. Corria o risco de terminar na rua e viver de esmolas! Solidário, o doutor lhe arrumou um emprego na propriedade de um fidalgo. Vive numa cabana de caça, é tratado com estima pela população do lugar e brinca com as crianças. Nunca mais saiu de lá.

O fidalgo e o médico já tinham uma boa situação financeira, mas tudo ficou muito melhor. Vivem sem necessidades materiais.

Entretanto, o doutor nunca abandonou seus pacientes e dedica-se muito a eles, sem fazer questão de pagamento.

De Silver nunca mais ouvimos falar. Desapareceu. Acredito que tenha voltado para junto da sua mulher, em cuja companhia talvez ainda viva em conforto, juntamente com o papagaio Flint! No fundo do coração, eu espero que esteja bem, apesar de tudo o que fez.

Minha maior alegria foi proporcionar uma vida confortável à minha mãe. Hoje vivemos muito bem, e tenho grandes planos para o futuro. O doutor Livesey já me convenceu a estudar medicina, e é o que farei.

Sei que há um grande tesouro em barras de prata esquecido embaixo da terra. Também está descrito no diário de bordo de Flint, e não seria difícil encontrá-lo. Mas não pretendo voltar, jamais, à Ilha do Esqueleto. No que depender de mim, a fortuna em prata ficará lá, esquecida para sempre. Tenho pesadelos com tempestades, com o mar furioso! Ouço a rebentação que bate na costa. Ou acordo em minha cama com os gritos do papagaio soando em meus ouvidos:

— Moedas de prata! Moedas de prata!

FIM

Quem foi Robert Louis Stevenson

O autor Robert Louis Stevenson (originalmente Lewis) nasceu em Edimburgo, na Escócia, em 13 de novembro de 1850 e faleceu em 3 de dezembro de 1894. Foi um conhecido autor de romances, poeta e também autor de roteiros de viagem britânicos. Aqui no Brasil suas obras mais conhecidas são *A Ilha do Tesouro* e *O Médico e o Monstro*. Em 1880 casou-se com uma mulher norte-americana dez anos mais velha, Fanny Osbourne, em São Francisco, nos Estados Unidos. Voltou para a Inglaterra, onde residia anteriormente, com a esposa e um enteado. Sua saúde, entretanto, era frágil. No ano seguinte foi internado num sanatório na Suíça, para tratar de sua tuberculose, da qual sofria há anos.

Tornou-se famoso ao escrever, em 1886, *O estranho caso de Dr. Jekyll e Sr. Hyde* (*O Médico e o Monstro*), que, desde sua primeira publicação, nunca deixou de ser editado e traduzido em todo o mundo. Morreu prematuramente, aos 44 anos, nas Ilhas Samoa, onde passara a residir.

Deixou um legado literário importante. Esta obra tornou-se marcante na Literatura de todo o mundo. Das adaptações para o cinema, a mais famosa é de 1941 e foi dirigida por Victor Fleming, com o ator Spencer Tracy no papel principal.

Quem é Walcyr Carrasco

© WILL SANDDRINI

Dramaturgo e roteirista de televisão, Walcyr Carrasco nasceu em Bernardino de Campos (SP), em 1951, e foi criado em Marília. Decidiu ser escritor quando tinha 12 anos e se apaixonou pela obra de Monteiro Lobato. Depois de cursar jornalismo na USP, trabalhou em redações de jornal, escrevendo textos para coluna social e até reportagem esportiva. É autor das peças de teatro *O terceiro beijo*, *Uma cama entre nós*, *Batom* e *Êxtase*.

Escreveu minisséries e novelas de sucesso, como *Xica da Silva*, *O Cravo e a Rosa*, *Chocolate com pimenta*, *Alma gêmea*, *Sete pecados, Caras & bocas, Morde & assopra, Amor à vida, O Cravo e a Rosa, Chocolate com Pimenta, Êta mundo bom!* e também a adaptação para televisão de *Gabriela, cravo e canela*, romance de Jorge Amado.

Muitos de seus livros infantojuvenis já receberam a menção de "Altamente recomendável" da Fundação Nacional do Livro Infantil e Juvenil. Entre as obras saídas de sua pena estão: *Irmão negro, O garoto da novela, A corrente da vida, O menino narigudo, Estrelas tortas, O anjo linguarudo* e *A palavra não dita*. Fez também diversas traduções e adaptações de clássicos da literatura, como *A volta ao mundo em 80 dias*, de Júlio Verne, e *Os miseráveis*, de Victor Hugo. A discussão de temas sociais importantes é uma das grandes características de suas obras.

Walcyr Carrasco recebeu os principais prêmios de suas áreas de atuação: o prêmio Shell de teatro pela peça *Êxtase*, o prêmio EMMY de televisão nos Estados Unidos, por *Verdades Secretas*, e também o prêmio Jabuti, o mais importante prêmio literário do Brasil, pela tradução e adaptação de *Romeu e Julieta*, de William Shakespeare. É membro da Academia Paulista de Letras desde 2008, onde recebeu o título de Imortal.

Além dos livros, é apaixonado por bichos, por culinária e por artes plásticas.